딸들이 자라서
엄마가 된다

Terminale! Tout le monde descend
© 1985, L'ecole des loisirs, Paris
All rights reserved

Korean translation copyright © 1997, 2010 by Woongjin Think Big Co., Ltd.
Korean translation rights arranged with L'ecole des loisirs
through EYA(Eric Yang Agency)

# 딸들이 자라서 엄마가 된다

수지 모건스턴·알리야 모건스턴 지음 — 최유정 옮김

웅진 지식하우스

한국어판 작가 서문

## 사랑이란 게 그리 효과적이지 못할지라도

엄마들은 엄마라는 이름의 일을 지치지도 않고 계속하고 있다.

말하자면, 들볶고 조바심치고 불안해하고 기를 꺾어놓고 기운을 돋우어주고 잔소리하고 상처 입히고 부려먹고 가슴 뿌듯해하고 실망하고 기대하고, 한마디로 사랑하는 것이다! 그러면서 이런 식으로든 저런 식으로든 엄마와 딸이라는 한 쌍을 이루는 각각의 짝들은 그럭저럭 살아남는다……. 딸들이 자라서 엄마가 된다. 엄마들은 나름대로 최선을 다하려고 노력한다. 그러나 사랑이란 건 그렇게 효과적이지 못하다. 늘 그런 식이다. 엄마들도 그리고 딸들도. 아마 앞으로도 영원히 그럴 것이다.

수지 모건스턴

서문

# 그렇게 우리는 서로의 사랑을 소화하는 법을 배웠다

나는 딸아이가 힘들어하는 것을 지켜보고 있었다. 딸아이와 나 사이의 침묵이 너무 무겁고 복잡하고 고통스럽고 위험스러워 보이던 차였다. 그래서 나는 일대일로 대결을 해보자고 제안을 했다. 우리의 무기는 종이와 연필이었다. 소리 없는 그러나 말들로 가득 찬 충돌. 그때까지 소리가 되어 나오지 못했던 수많은 말이 종이 위로 쉽게 쏟아져나왔다.

다행히도 유머라는 것이 난간과도 같이 우리를 보호해주었다. 사소한 일상의 사건들, 말다툼 등이 별다른 연계성도 없이, 이야기의 논리나 이유라 할 것도 없이 모녀가 펼치는 한 편의 드라마를 이어간다. 이 글쓰기 게임을 통해서 딸아이와 나는 우리의 사랑을 어떻게 소화해야 하는지를 배운 것이 아닐는지…….

수지 모건스턴

나는 언제나 침묵 속으로 도피했다. 비밀의 장막을 치고서 나 자신 속으로 함몰하고 있었다. 자라기를 거부하면서, 열여덟이라는 상징적인 나이(유럽에서는 열여덟이 성년과 미성년의 경계가 되는 나이다 - 옮긴이)가 한해 한해 가까이 다가오는 것을 불안하게 지켜보고 있었다. 그러나 장막이 찢어지고, 비밀스러운 분위기가 흩어져버리는 순간이 온다. 눈을 씻고 보는 순간이. 그러자 '다른 사람들'이 있다는 것, 그리고 그들 중에는 내가 자라는 것을 지켜보는 '한 여자'가 있다는 것, 그리고 나의 고독한 성장의 탐색이 그녀에게는 아픔이 된다는 것이 보였다. 내 어머니에 대해서 내가 품고 있는 사랑, 매일 매일의 말다툼과 화해 덕분에 숨쉬고 있는 이 사랑. 그 사랑을 말로 전하는 것은 내겐 어쩐지 지나친 것도 같고 충분하지 않은 것도 같아 보인다. 그래서 나는 마술과도 같은 종이 위에 말들이 달려나가는 것을 지켜보면서 그 사랑을 글로 적어보기를 시도했다.

알리야 모건스턴

딸들이 자라서 엄마가 된다

한국어판 작가 서문 사랑이란 게 그리 효과적이지 못할지라도 5

서문 그렇게 우리는 서로의 사랑을 소화하는 법을 배웠다 6

 엄마의 일기

1 아침…… 그럼 아무것도 입지 말고 가! 13

2 오후, 귀가…… 네 개의 고독이 마주 앉은 식탁 29

3 아침, 출발 이후…… 겨우 시험점수 하나 갖고 이 난리야? 51

4 토요일 저녁…… 어째서 이 아이는 내가 좋아하는 물건만 좋아할까? 73

5 일요일…… 내가 괴물단지를 키우고 있는 걸까? 99

6 열여섯 살 생일 파티…… 하느님, 아직 안 돼요! 잠깐 기다려주세요 121

7 플루트 레슨…… 그래, 난 할 수 있는 만큼은 했어 137

8 쇼핑…… 내가 보기엔 눈곱만한 차이도 없는걸 153

9 대학 입학 자격시험…… 도대체 시험은 우리 둘 중에 누가 보는 거야? 173

10 입학 준비…… 이 세상 딸들을 다 준다 해도 바꿀 수 없는 내 딸 197

## 차례

딸의 일기

**1 아침**…… 옷이 많으면 뭐해? 유행이 다 지난걸! 21

**2 오후, 귀가**…… 나의 하루는 충분히 지루하고 길었다 40

**3 아침, 출발 이후**…… 엄마라는 사람이 저럴 수가…… 62

**4 토요일 저녁**…… 그까짓 젖싸개 하나 갖고 웬 난리람 88

**5 일요일**…… 일요일, 내 소중한 하루가 망가지다니! 112

**6 열여섯 살 생일 파티**…… 걱정 마 엄마, 난 아직 처녀야! 129

**7 플루트 레슨**…… 똑똑한 학생에 예술적 재능까지? 그건 기적이지 145

**8 쇼핑**…… 영화 보러 갈 때 입을 옷을 오늘 꼭 사고 말 거야 166

**9 대학 입학 자격시험**…… 기적이 일어나 쌈박한 답안을 쓸 수 있지 않을까? 182

**10 입학 준비**…… 다른 엄마라면 나를 잘 보살펴줄지도 모르지만 205

옮긴이의 말  딸들이 엄마가 되어서 읽는다  210

# 그럼 아무것도 입지 말고 가!

도대체 저 아이는 어떻게 한 시간 반 동안이나 저러고 있을 수 있지? 이런 모습, 저런 모습 아무리 그려보아도 도대체 한나절 학교 수업에 알맞은 복장을 차려입기 위해서 그렇게 시간을 허비한 결과가 어떨지 상상이 안 된다.

 

우리를 갈라놓는 두 개의 방문을 건너오는 자명종 소리가 들린다. 묘하게 신경을 자극하는 저 소리는 곧장 머릿속에서 거의 기계적으로 "일어서, 앞으로 갓!" 하고 명령하게 만든다.

나의 두뇌는 사정거리 밖이다. 따라서 나는 명령 불복종하기로 한다. 시계 소리는 내게, 손목시계를 들여다보고 시간을 확인해봐야겠다는 생각이 나게 하는 힘을 지닐 뿐이다. 여섯시 십오분 전, 날이 부옇게 밝았다. 신경이 날카로워지기 시작한다.

귀에 익은 집 안의 소음들이 펼쳐진다. 나는 그 소리들을 하나하나 들으며 딸아이의 움직임을 가늠해본다. 발자국 소리, 문 삐걱이는 소리, 발걸음, 수도꼭지에서 물 흐르는 소리, 세면대 마개 뽑는 소리, 이것저것 물건 부딪는 소리, 브러시질 소리, 발걸음, 침묵, 발걸음, 다시 짧게 브러시질 소리, 탁 부딪는 소리, 다시 길게 브러시질하는 소리, 발걸음, 치맛자락 스치는 소리, 한숨, 발걸음, 팽팽한 침묵. 새벽 여섯시다.

아직 날이 다 밝지 않았다. 나는 간밤에 읽다 머리맡에 놓아둔 책을 다시 집어들 마음이 안 난다. 내 옆에 길게 뻗어 있는 따뜻한 육신은 내 몸의 아주 작은 움직임에도 반응을 보인다. 나 때문에 신경이 쓰이는 것이다.

복도에서 일어나던 움직이는 소리는 멎었다. 졸음이 쏟아진다. 또다시 오래오래 브러시질 소리. 욕실에서 일어나고 있는 일련의 몸놀림들을 눈앞에 그려본다. 도대체 저 아이는 어떻게 한 시간 동안이나 저러고 있을 수가 있지? 일곱시 십오분 전이다. 딸아이 때문에 신경이 쓰이는 것이다.

설상가상으로, 꼭 잠그지 않은 수도꼭지에서 방울방울 흐르는 물소리가 내 신경을 긁는다. "에이 참!" 하고 투덜거리는 소리가 희미하게 내 귀에 와 닿는다. 나는 용감하게 오늘 하루에 맞부딪쳐 볼 채비를 한다. 그러나 화장실까지 가기도 전에 딸애와 부닥치지 않을까 겁이 난다. 오줌을 누고 나면 항상 좀 낫더라. 결심이 섰다. 돌진. 망했다! 서두르고 있는 딸아이와 딱 마주친다. 나의 출현을 썩 달가워하지 않는 눈치다. 그건 나도 마찬가지다! 아이는 허둥대면서 들릴락 말락 한 소리로 아침인사를 하는 둥 마는 둥 한다. 나는 좀 공격적으로 맞대거리를 해준다. 그리고 이렇게 덧붙인다. "오늘 아침 수업이 몇 신데?" 물론 이미 알고 있다.

"여덟시."

"그래, 그럼 아직 시간 있네."

일곱시. 아이는 완전히 외출 준비를 끝낸 차림이다. 씻고, 옷 갈아입고, 신발도 신고, 머리도 빗고, 또 빗고, 또 빗고. 나는 슬쩍 딸애가 하는 양을 엿본다. 마치 거울이 연민을 베풀어 수없이 돋은 여드름을 덜어내주기라도 한다는 듯이 거울에 비친 자기 모습을 꼼꼼히 뜯어보고 있다. 글쎄, 저렇게 매일매일 여드름 숫자를 세어서 비밀 수첩에다가 적어놓고 있는지도 모르지.

자명종 소리가 또 난다. 또 하나의 딸이 마려운 걸 참고 화장실로 향하는 나의 발걸음을 방해한다. 딸아이가 화장실에서 물 내리는 소리를 듣고 있자니 부아가 치민다. 저 애가 소설책을 펴 들기 전에.

"됐니?"

톡 튀어나온 둘째 딸은 내 양 볼에 입을 맞추며 아침인사를 한다. 나는 이런 식의 효성을 받을 기분이 전혀 아니다. 아침 일곱시, 게다가 오줌 누기 직전에.

마지막 자명종 소리가 울린다. 또 다른 방해꾼이 끼어들기 전에 나는 얼른 화장실을 독점한다. 잠이 설깬 화난 목소리가 이런 말이 되어 나온다. "나 나갈 때까지 좀 기다릴 수 없어? 꼭 저렇게 어중간하다니까."

　우리 할머니한테서 배운 표현 중의 하나를 써먹고 싶은 생각이 인다. 예컨대, "우리 할머니가 그러셨는데, 지체하지 말아야 하는 게 두 가지가 있대. 세금이랑 오줌." 같은 말로 되받아치고 싶다. 그러나 저 남자가 현명하신 우리 할머니의 말씀 같은 걸 알아들을 만큼 예리할 것 같지 않다.

　중얼중얼 변명을 해서라도 그에게 내 용무의 다급함을 일깨워주고 싶다.

　비록 내가, 제아무리 왕이라도 혼자서 가야 하는 화장실로 향하는 그의 발길을 막고 있을지라도 그와 일생을 같이한다는 것은 나의 기쁨이라는 것을 알려주고 싶다.

　얼굴에다가 한 방 먹이고 싶다.

　조금은 가벼워진 기분으로 내가 나온다. 그가 투덜거리면서 들어간다. 전략을 잘 세워야 한다. 내려가서 혼자만 커피 마시고 올라오면 저 남자는 짜증을 낼 것이다. 내가 내려가서 커피포트를 씻고 커피를 갈고, 가스불을 켜서 커피를 끓이면 기분이 썩 좋지 않을 것이다. 나더러 또 어중간하다고 그럴 테니까. 내려가서 애들이랑 같이 아침을 먹지 않아도 천당 갈 수 있을까? 아침식사를 잘하도록 돌봐주는 게 어머니의 역할 아닌가!

　다시 가서 눕자니 양심에 걸려서, 나는 보기 드문 낙관주의자의 얼굴을 하고 가족이 둘러앉아 아침식사를 하는 걸로 결정을 내린다. 우유를 데운다. 커피를 준비하고, 시리얼 상자와 잼 병을 꺼내온다. 빵을 썰어서 한 조각씩 토스트기에 집어넣는다. 일곱시 십오 분이다.

고3 내려오신다. 라디오를 틀더니 신경질적으로 다이얼을 돌린다. 나는 하마터면 '왜 그러니, 뭘 듣고 싶은데?' 하고 물을 뻔했다. 금방이라도 폭발할 것 같은 목소리. "일기예보를 안 하잖아!"

"밖에 좀 내다보렴!"

마침 우산을 가지고 나갈 것을 권고하는, 일기예보 감각이 뛰어난 아나운서의 목소리가 라디오에서 울려나온다. 딸아이는 화가 나서 죽겠는지 씩씩거리며 다시 제 방으로 올라간다. 일곱시 이십분. 버스는 일곱시 삼십오분에 떠난다.

쿵쾅거리며 내려오는 애들 아버지 발걸음에 계단이 울린다. 시계를 들여다보더니, "아니, 쟨 여태 뭐 하고 있대?" 한다. 마치 내가 새벽 내내 참고 있었다는 걸 전혀 모른다는 말투다. 이 남자가 이렇게 딸아이의 행동을 참지 못한다는 사실을 내가 참아야 한다. 대답을 할 수가 없다.

내 머릿속을 헤집어본다. 그러나 이런 모습, 저런 모습 아무리 그려보아도 도대체 한나절 학교 수업에 알맞은 복장을 차려입기 위해서 한 시간 삼십오 분이나 허비한 결과가 어떨지 상상이 안 된다.

위층에서 오락가락하는 소리가 우리의 신경줄을 튕겨댄다. 매일 되풀이되는 저 발소리가 우리를 지치게 만든다. 우리의 망아지 같은 딸은 뭔가 시작부터 잘못된 것 같다. 우유랑 토스트가 식어버렸다.

딸아이는 무슨 영화배우처럼 차리고 나타났다. 물이 빠진 청바지는 기막히게 세련된 색깔이다. 소탈하면서도 우울한 검은색의 스웨터, 노르스름한 줄무늬가 있는 회색빛이 나는 운동화, 세심하게 빗질한 머리, 이 모든 게 기막히게 어우러져 전혀 신경 쓰지 않고 차리고 나온 사람 같아 보인다. 좀 눈에 띄는 스카프를 두른 모습이 매력적이어서 완전히 그냥 스쳐 지나가게 만들지 않는다.

이건 작품이다. 기막힌 패션이다. 매일 같은 옷을 입으면서도 보일 듯 말 듯 한 매력을 발휘하기 위하여 한 시간 사십오 분씩이나 허비한다는 건 기록이다. 매일매일 이렇다. 그 딸에, 그 시간, 그 엄마, 그 청바지.

바닐라 향수 냄새가 지독하다. "병째 들이부었니, 왜 이러니?"

"아냐, 금방 날아갈 거야." 딸아이는 손으로 부채질을 하면서 대답한다. 이어서 빵 한 조각을 입 안에 쑤셔넣고 우유컵을 들어 벌컥벌컥 마신다. 반쯤 마시더니 자기 방으로 뛰어올라가 책가방을 가지고 내려온다. 다 먹고 나서 후딱 양치를 하고 다시 내려와서 가방을 제대로 쌌나 확인하더니 다시 올라가면서 내게 결정적인 물음을 던진다. "무슨 코트를 입고 나갈까?"

대답하기 힘든 질문이다. 빨간 코트를 입으라고 하면, 이때다 하고 너무 낡았다느니(중고시장에서 샀다), 이제 작다느니, 지퍼가 망가졌다느니 하면서 그 옷의 나쁜 점만 늘어놓을 것이다. 슬쩍 눈치를 봐서 푸른색 코트를 입으라고 했다간, 단추가 하나 떨어졌다거나 소매가 뜯어졌다고 내게 잔소리를 할 것이다. 혹시나 망토가 어떻겠냐고 했다간 무슨 사제복 입을 일 있냐고 받아칠 것이다. 자, 현명하자, 신중하자. "바바리 입으렴." 하고 조그맣게 말해본다.

벼락. "말도 안 돼! 바바리 입고 다니는 애가 어디 있어!"

"그건, 새로 산 거잖아."

"엄마가 우겨서 샀지."

"네가, 비 오면 입을 게 아무것도 없다고 그랬으니까 그랬지."

"난 비도 안 오는데 바바리 입고 다니는 거 정말 못 봐주겠더라."

"비가 올걸." 나도 이젠 그냥 한번 해보는 소리다.

"올지 안 올지 몰라. 해가 쨍쨍 나는데 베이지색 바바리 입고 나가는 게 제일 꼴불견이야."

"금방 일기예보에서 그랬어. 남동부에 비 소식이 있겠다고."

"일기예보는 구십구 퍼센트는 안 맞는단 말이야." 딸애가 볼멘소리를 한다.

나는 수세미를 집어던진다. 됐다. 이만하면 나도 참을 만큼은 참았다. "너 입고 싶은 거 입어라!"

"입을 게 하나도 없잖아!" 딸애는 이때다 하고 징징거린다.

"그럼 아무것도 입지 말고 가라!"

"엄마 체크무늬 잠바 입고 가도 돼?" 딸애는 생각났다는 듯이 은근한 목소리로 물어온다.

"네 마음대로 해라!"

지겹다. 피곤한 아침. 딸아이의 뛰어가는 소리. 방문과 옷장 여닫는 소리. 다시 또 자기 방으로 올라간다. 왜 그러는지 나도 안다.

머리끝부터 발끝까지 볼 수 있는 거울은 그 애 방에만 있기 때문이다. 다시 내려온다. 내 넉넉한 양 볼에 작별의 입맞춤을 건네러 온다. 자기 가죽 잠바를 입고 있다. 비 올지도 모르는데 퍽도 잘 골라 입었구나! 잠시 저 애가 일부러 저러나 생각해본다. 너그러운 척하고 "기분 좋게 지내!" 하고 인사를 해본다.

딸아이는 뚫어져라 나를 바라보고는 퉁명스럽게 "에이, 어떻게 기분이 좋아!" 하고 씩씩거린다.

딸아이가 나간다. 차갑게 식은 커피잔 손잡이를 잡고 있는 내 손가락에 경련이 인다. 살았다. 딸아이를 무사히 바깥세상으로 우송했다. 포장 잘해서, 침 발라서 우표도 붙이고.

문소리가 난다. 누가 이층으로 올라간다. "무슨 일이야?"

"버스표를 깜빡했어."

쾅 하고 문 닫히는 소리가 난다. 내 신경을 결정적으로 긁는 소리. 이렇게 하루는 시작된다.

# 옷이 많으면 뭐해?
# 유행이 다 지난걸!

다른 애들처럼 나도 멋진 잠바가 있으면 얼마나 좋을까!
멋은커녕 내 옷은 온통 사촌들이 물려받고 물려받아서 입다가 내 차례까지 온,
유행이 한참 지난 낡아빠진 것들뿐이다. 이런 얘기를 하면
언제나 내 옷장이 얼마나 터져나갈 듯이 가득 찼느냐고 반박하는 사람이 있다.

잠은 벌써 깼지만 나는 자명종이 최후 선고를 해올 때를 불안한 기분으로 기다린다. 수학, 물리, 지리, 문학 같은 것들로 가득 차게 될 또 하루에 전투적으로 맞서기 위한 준비를 하기 위해서는 이십 분도 더 필요하다. 어른들은 우리가, 우리의 두뇌가 문화를 빨아들이는 무슨 진공 흡입기라도 되는 줄 아는 모양이다. 어른들은, 미래를 바라보고 사는 존재인 우리가 그 문화 흡입기를 써서 지구를 청소하기를, 아니 적어도 자신들의 은퇴 이후를 보장해주기를 바라고 있는 것 같으니까.

전투력을 갖추고, 기분, 행동 계획, 무기, 유니폼 등을 결정하려면 이십 분은 걸린다. 내 정신상태를 점검해본다. 기분이 좋은가? 과학, 변함없는 나의 적. 그 전투 같은 고문의 시간에 오늘은 또 어떤 문제에 걸릴 것인가?

아니다, 생각하기 싫다. 난 지금 포근한 이불과 안락한 매트리스로 이루어진 내 침대 속에서 편하게 쉬고 있지 않은가. 내 방 벽들에 붙여진 포스터들이 푸근하고 다정하다. 브루클린 다리에서 본 뉴욕의 높다란 빌딩들, 우디 앨런 사진, 그 옆에 있는 채플린 사진은 내가 동경하는 미국의 모습을 담고 있다. 지성의 벽이다. 제라르 필리프 사진이 붙어 있는 다른 벽은 마술의 벽이다. 그다음은, 세계 인권의 날 포스터(아빠가 선물해주신 거다)가 붙은 희망의 벽.

내 두 눈은 책상, 교과서, 공포의 국어시험 통지서를 익숙하게 피해간다. 랭보에 대한 문제가 걸리면 좋을 텐데.

나의 시선은 침대맡 탁자에 놓인 애정소설 더미에 가서 멎는다. 1프랑 주고 산, 젊고 아름다운 아가씨가 돈 많은 남자의 유혹에 넘어가 결혼한다는 다들 고만고만한 이 이야기들을 나는 자장가 삼아 읽는다. 그 속은 물리는 물론이고 수학 같은 것도 생각하는 사람이 없는 세상이다.

엄마는 이 책들을 꼴 보기 싫어한다. 내가 단숨에 후딱 읽어버리고 나면 엄마가 바퀴벌레 죽이려고 약을 치지직 뿌릴 때처럼 재빨리 달려들어 그 책들을 치워놓는다. 진작 치워놓으시지. 사실은 엄마 판단이 옳은데……. 문학적 가치, 배울 만한 점, 등장인물과 작가 등등 따져보면 다 쓰레기통에나 던져넣어야 될 책들이다. 그런 책을 읽는 독자들도 쓰레기통감이고, 그렇긴 하지만 몽테뉴니, 몽테스키외니 하는 그 지긋지긋한 작가들을 잊어버릴 수 있게 해주는 힘은 있다.

오줌이 너무 마려워서 더 이상 누워 있을 수가 없다. 이거야말로 건전지도 필요 없고 공해도 없는 자연보호 만점의 자명종이다. 어쩌면 빨간 불을 깜빡이고 있는 저 전자 자명종은 꺼버려야 할지도 모르겠다. 그 삐빅거리는 소리는 식구들을 다 깨워놓을 테니까. 부당하게도 나만 빼놓고 온 식구가 다 잠에 빠져 있다. 이기적이다. 걱정도 안 될까. 의무교육이라는 무겁고 어두운 길을 힘겹게 걸어가야 하는 내 생각은 하지도 않는 걸까.

"삐삐." 벌써 일어났어. "삐삐." 이 반갑지 않은 소리가 벌써 내 신경을 긁는다. 귀찮아 죽겠다. 손을 뻗어 까만 단추를 누르기만 하면 되는데도, 불행의 시작을 알리는 이 소리를 꺼버릴 힘도 없다.

그러나 나는 자리를 박차고 일어난다. 할 건 해야 한다. 침대 저편에는 전투태세를 갖추고 꾸려나가야 할 '생활'이 나를 기다리고 있다. 그래, 간다.

기름 부족으로 삐그덕 소리를 내는 세 개의 문을 지나서야 나는 화장실까지 갈 수 있다. 오늘 하루도 열심히 살아야겠다는 결심으로 단호해진 걸음걸이로 그 문들을 통과한다.

내 방으로 돌아와서 옷장을 뒤진다. 뒤죽박죽으로 섞여 있는 치마란 치마는 다 꺼내본다. 엄마가 오늘도 "너 왜 내가 사준 빨간 바지는 생전 안 입니?" 하고 물으면 대답을 하지 말고 딴 얘기를 꺼내든지 못 들은 척할 생각이다. 안 내키는 기분으로 십오 분간 심사숙고한 끝에 하얀색을 골랐다.

그다음에는 방 안의 가구 밑이란 밑은 다 뒤져서 어울리는 신발을 찾은 다음, 정리를 안 해서 엉망인 서랍장을 뒤져서 브래지어와 속바지를 찾아낸다. 이렇게 해서 힘든 기초작업은 끝났고, 다음에, 좀 더 손이 많이 가는 두 가지 과정을 위해서 욕실로 달려간다. 세수하고, 머리 손질하기.

거울 앞, 정지. 목 뒷덜미와 얼굴의 품위를 떨어뜨리는 이 부분을 어떻게 하면 가릴 수 있을까. 날이 갈수록 새끼 치고 늘어가는 이 여드름들. 너무나 싫다. 그러나 또한 그건 불행한 내 자아의 그림자이기도 한 것 같아서 나름대로 애정이 간다. 행여 없어질까 하고 약도 참 많이도 발라보았다. 항생제, 로션, 포마드, 크림 등등의 강력한 제재작용에도 불구하고 여드름은 수년째 극성을 부리고 있다.

그래. 주제파악을 하자. 눈길 한 번만 줘도 남학생들이, 과자 부스러기 만난 비둘기 떼처럼 끌려올 것 같은 날씬하고 매력 넘치는 소녀가 아니지 않은가, 나는. 세련되고 여드름도 없는, 비키니 수영복을 입은 해변의 요정, 칸 영화제의 주목받는 스타의 꿈은 나한테 어울리지 않는다. 그러나 나도 꿈은 꾼다. 끊임없이 머리를 쥐어짜내지 않아도 뭐든 척척 알게 되는 자동두뇌 같은 것. 아, 꿈…….

거울 속의 내 모습을 꼼꼼히 뜯어보고 있는 동안 아래층에서 아침 식탁 차리는 소리가 들린다. "아니, 쟨 여태 뭘 하고 안 내려온 대?" 하면서 식구들이 눈으로 물음을 주고받는 것이 느껴진다. 소리 없는 나의 대답은 이렇다. "옷 갈아입고 있어⋯⋯. 내가 예쁘다는 걸, 아니면 그런 건 별로 중요하지 않다고 스스로를 설득하기 위하여. 여드름을 좀 잘 처리해보기 위하여, 꼴 보기 싫은 인간들 속에서도 편안한 기분을 느낄 수 있기 위하여." 복장관리는 그렇게 만만한 일이 아니다.

오다가다 들으니 비가 예상된다고 한다. 영원한 스페어 타이어 같은 생전 떨어지지도 않는 그놈의 청바지나 꿰차고 나갈 수밖에 없다.

갈아입고 어쩌고 할 시간이 없다.

엄마가 지치지도 않고 잔소리를 해대는 아침도 먹을 시간이 없다.

식구들과 얼굴 맞대고 얘기를 나눌 시간도 없다.

뻴리, 코트, 재킷, 아무거나, 빨리. 다른 애들처럼 나도 멋진 잠바가 있으면 얼마나 좋을까! 멋은커녕, 내 옷은 온통 사촌들이 물려받고 물려받아서 입다가 내 차례까지 온, 유행이 한참 지난 낡아빠진 것들뿐이다. 그러나 이런 내 옷장의 실태에 대해서 얼핏 빗대서 얘기라도 할라치면 언제나, 내 옷장이 얼마나 터져나갈 듯이 가득 찼느냐고 반박하는 사람이 있다.

드디어, 엄마와 타협을 보고, 다시 내 방에 올라가 마지막으로 거울을 한 번만 더 보고, 부엌에 들러 엄마한테 인사를 한 다음 분연히 떨치고 집을 빠져나와 세상 속으로 향한다. 엄마는 얼마나 좋을까. 아직도 몇 시간이나 더 집에 있을 수 있고, 지긋지긋한 물리 선생 수업시간에 참고 앉아 있지 않아도 되니까.

　버스 정류장. 가방 속을 샅샅이 뒤져본다. 이런, 망할! 버스표를 깜빡했다. 게다가 돈 가진 것도 한 푼 없다. 지각할 것 같다. 죽을 힘을 다해서 다시 뛰어올라갔다가 뛰어내려와 간신히 버스를 잡아 탄다.

　누가 감히 나를 기가 막히게 운 좋은 애가 아니라고 말할 수 있을까!

# 네 개의 고독이 마주 앉은 식탁

"잘 지냈어?" 눈 딱 감고 해본 인사. 이거야말로 제대로 된 대화감이 아닌가. "그렇지 뭐!" 대화의 끝. "오늘 학교에 별일 없었니?" "만날 그렇지 뭐." 퉁명스럽게 내뱉는 딸아이. "뭐 새로운 일도 없구?" 노력하는 나. "없어!" 딸아이의 신경질적인 반응. 결정타.

오후의 끝은 징그럽게도 규칙적으로 찾아온다. 빛의 변주로, 혼자 있는 게 지겨워지면서, 매일 들고나는 내 식구들을 맞아들이기 직전의 허둥대는 마음으로, 배 속에서 울리기 시작하는 꼬르륵거리는 소리로 나는 그걸 감지한다.

아쉬운 감을 남기며 나는 책상에서 일어난다. 이건 내가 지닌 강박관념이 본격적으로 펼쳐지기 전, 끝없이 반복되는 막간에 불과하다. 오롯이 혼자 차지할 수 있었던 시간들의 마지막 순간을 연장이라도 하듯 나는 차가운 우유 한 잔을 천천히 들이켠다. 그러나 그들이 귀가하면서 일으키는 시끌벅적한 소리들이 벌써 들리는 것 같다. 신경을 바짝 곤두세우고 망을 보면서 이들이 쳐들어오기를 기다린다.

첫째 침략자는 긴장을 풀어준다. 그렇고 그런 반복, 일종의 시동. 얼굴에 서린 웃음기, 책가방을 내려놓는 모양, 배고픈 정도만 봐도 나는 이 아이가 어제와도 그제와도 똑같은 나의 질문에 어떻게 대답할 것인가를 미리 알 수 있다. "어때, 재밌었니?"

"말도 마!" 물어보기가 무섭게 아이의 말이 쏟아진다. 다양한 인물 스케치, 오늘의 패션스타, 유행어 이야기, 학교에서 있었던 사건들, 오다가다 본 쇼핑정보, 친구들 흉, 시험점수, 급식 메뉴 등등을 앞뒤 없이 떠오르는 대로 주워섬기며 한바탕 수다를 늘어놓는다. 나의 존재가 끔찍하게도 필요하다는 것이 느껴진다. 내가 집에 없으면 이 폭포수 같은 말들을 다 어쩔 것인가?

십 분간 계속하더니 딸아이는 간식거리를 집어들고 먹어대면서 이 기막힌 금요일을 장식했던 사건들을 계속해서 보고한다. 그러다가 이렇게 나하고 보낼 시간이 더 이상 없다는 걸 깨닫는다. 깜빡 잊었다는 듯이 급하게 전화 몇 통을 걸더니 자기 방으로 들어가 버린다. 혼자 몰두할 일이 있는 것이다.

나는 채소들에 정신을 쏟는다. 양파를 다져서 올리브기름을 두르고 볶아낸다. 다음 차례로 피망 속을 빼내다가 갑자기 참을성이 없어진다. 가지, 호박, 토마토를 썰어 냄비에 한꺼번에 집어넣었다. 안다. 나도 안다. 요리책이라면 달달 외울 정도다. 채소를 하나 하나 따로따로 볶아내서 마지막에 섞어야 한다. 그러나 귀찮다. 나는 냄비 하나로 뭐든지 다 하는 여자다.

반 시간이 지나고 있다. 진행 중이다. 모든 게 순서대로 진행되고 있다. 나만 빼고, 큰딸은 버스를 타고 오는 중이다. 남편도 곧 들어올 것이다. 마음이 급하다. 기다리느라고 엉거주춤한 마음에 아무것도 할 수가 없다. 그러자니 식욕이 돈다. 이 시간이 제일 힘들다. 치명적인 허기의 시간이다.

샐러드에 쓸 야채를 씻는다. 프랑스 음악을 틀어놓는다. 발걸음 소리에 신경을 곤두세우고 있었음에도 불구하고 기척 없이 부엌으로 들어서는 큰아이 때문에 깜짝 놀란다.

오늘 아침부터 나는 이 아이가 기분 좋을 가능성이 있을까 없을까를 연구 중이다. 나는 얼른 승산이 없는 계산임을 알아차린다. 하긴, 이 아이 기분은 십중팔구는 나쁜 편이라고 하는 게 옳다.

딸아이는 아무 말도 하지 않는다. "안녕!" 혹은 "오늘은 어땠어?" 아니면 "엄마, 오늘은 등 아픈 거 좀 어때?"라고 한마디 하면 좋으련만.

곧장 냄비 쪽으로 직행한다. 뚜껑을 열어보더니 얼굴을 찌푸리고 목소리를 높인다. 여섯시 사십오분이다.

"오늘 저녁은 뭐야?" 그러더니 갑자기 볼멘소리를 한다.

"엄마, 여기다 호박 넣었지?"

"응."

"에이, 씨!"

"왜애?"

"호박 안 넣는 게 더 맛있잖아!"

열이 받는다. 계산이 너무 복잡하다. 치즈를 싫어하는 딸이 하나 있고, 또 하나는 식초라면 질색이고, 또 한 남자는 통조림도, 냉동식품도 절대 용납을 못 하고……. 내가 좋아하는 호박이 도대체 뭐가 어떻단 말인가!

"호박은 언제부터 싫어하기로 했니?"

"**라타투이**(양파, 가지, 토마토, 피망 등 여러 가지 야채를 볶아서 섞은 요리 - 옮긴이)에 넣은 건 싫어하는 줄 알면서 괜히 그래!" 한마디만 더 했다가는 싸움이 붙을 판이다.

얼른 대화의 주제를 바꿔본다. "잘 지냈어?" 눈 딱 감고 해본 인사. 이거야말로 제대로 된 대화감이 아닌가.

"그렇지 뭐!" 대화의 끝.

"오늘 학교에 별일 없었니?"

"만날 그렇지 뭐." 퉁명스럽게 내뱉는 딸아이.

"뭐 새로운 일도 없구?" 노력하는 나.

"없어!" 딸아이의 신경질적인 반응, 결정타.

"마르고 봤니?" 방향을 바꿔본다.

"봤어!" 빼도 박도 못한다.

과거는 잊어버리자. 미래를 논하자. "숙제 많니?"

"물어보지도 마!" 지쳐빠진 대답.

"점심은 잘 먹었구?" 약간 우회.

생기가 돌 기미가 보인다. "하나도 안 먹었어. 돼지갈비가 나왔단 말이야!" 화가 받치는 모양이다. "배고파 죽겠어."

"뭐라도 좀 사 먹지 그랬어?"

"시간이 있어야 말이지."

딸아이는 찬장으로 돌진하더니 비스킷을 봉지째 꺼내 들고 하나 깨문다. 후다닥 커다란 컵을 꺼내더니 우유를 하나 가득 따른다.

"얘, 저녁 조금만 있으면 다 되는데."

"배 고프단 말이야!" 나의 조심스러운 충고에 딸아이는 화를 버럭 낸다.

그러나 난, 꿀꺽 삼킨다. 언제나처럼 고통스럽고 걱정스러운 눈길로 딸아이를 바라보면서 살이 더 쪘다는 걸 확인한다. 이런 내 관찰의 결과를 입 밖에 내지 않기 위해서 입 안에서 혀를 예순여덟 번은 굴린다. 우리 엄마는 내게 너무 자주 그런 말을 했다. 나를 너무 자주 훔쳐보았다. 책상에 스탠드를 켜고 만년필로 꼭꼭 눌러 일기를 쓰면서 나는 절대로 내 딸아이에게 그런 말을 하지 않으리라 맹세했다. 이 절대금기의 주제를 들추어내느니 차라리 죽어버리겠다고 다짐했다. 혹시 또 내 딸아이가 날씬해진다면 별문제지만. 정말 그럴 수만 있다면 나는 입에 침이 마르도록 칭찬하지 않고는 좀이 쑤셔서 견딜 수가 없을 것이다.

딸아이는 아주 훤칠하다. 내 몸에서 어떻게 저렇게 완벽한 팔등신이 나왔는지 믿어지지가 않을 정도다. 근데 조금만 방심하면 금방 저렇게 통통해진다. 날 닮아서 불행이다!

하지만 제 인생이다. 제 몸이다! 지겹도록 생각해본 이 문제로 또다시 고통을 겪고 싶지 않다. 자기가 알아서 하겠지. 우리 엄마는 이상적인 엄마였다. 자기는 날씬하면서 코끼리 같은 몸매를 한 딸을 셋이나 낳았다는 것만 빼면. 그래서 엄마는 죽어라고 우리에게 그 사실을 인식시키느라고 기운을 다 뺐다. 무엇보다도 나는 그와 똑같은 역할을 우리 딸에게 되풀이하지 않을 것이다.

나는 내 딸이 이 문제를 물려받아, 몸뚱이를 부풀리고 변형시키는 문제들로 목숨 바쳐 투쟁하기를 원하지 않는다.

이런 문제가 있다는 것을 암시라도 하는 날에는 내가 내 혀를 깨물겠다. 딸아이는 말 한마디 없이 벌써 여덟 번째 초컬릿 비스킷을 깨물고 있다. 못 참고 내가 한마디 한다.

"너 요새 살찐 거 아니?"

"일 그램도 안 늘었어!" 강한 반발.

"몸무게 재봤어?"

"아니!"

우리 집에서 유일한 남자, 지는 태양이 들어온다. "안녕." 하고, "어때, 잘 지냈어?"를 입 안에 넣고 우물우물하면서.

기분이 구겨진 고3 퇴장.

"아니, 쟤는 왜 저래?" 아버지의 관심 있는 질문.

"쟤야 늘 저렇지 뭐." 해놓고는 양심에 찔려서 고백을 한다. "내가 살쪘다고 그랬거든."

남편은 "사실인데 뭐!" 하고는 냄비 뚜껑을 열어본다. "올리브

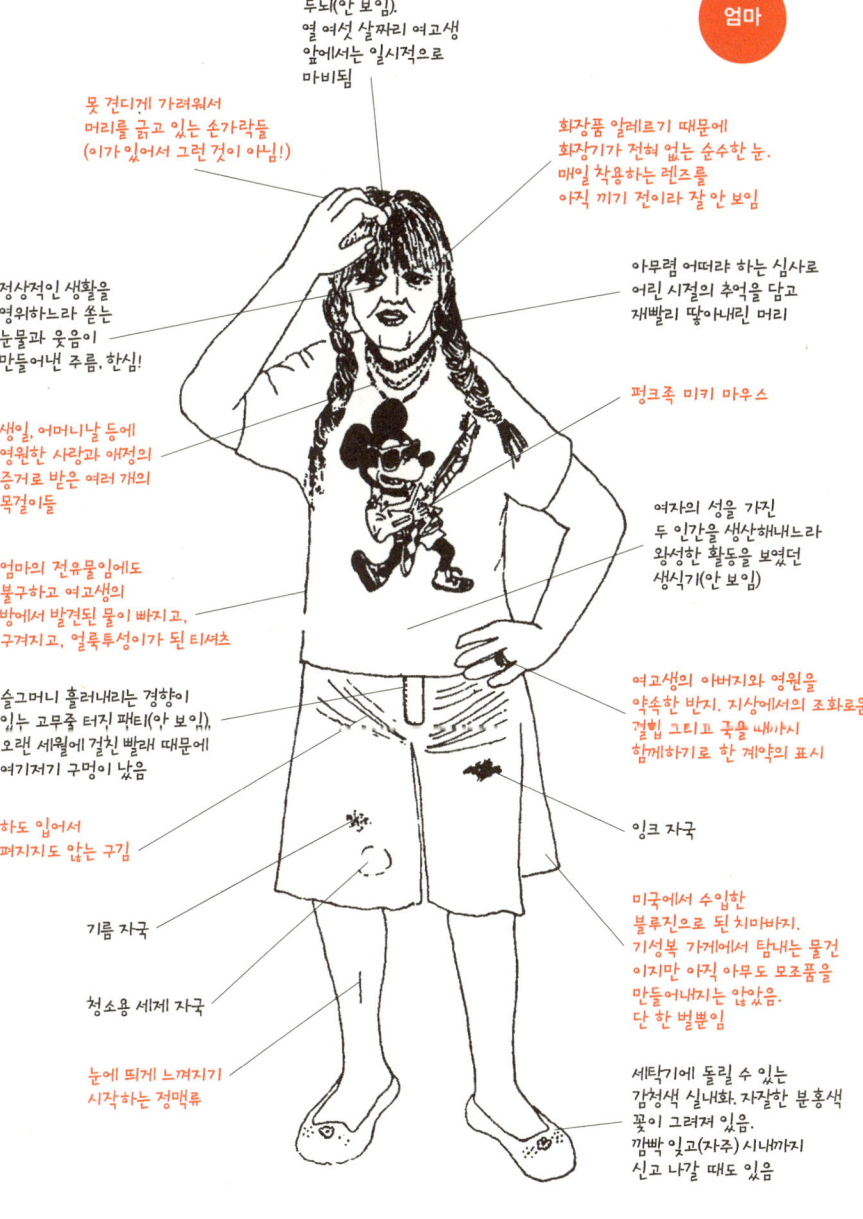

기름 넣었어?"

위생 검열이라도 받듯이 나는 고개를 끄덕거린다.

"호박 넣었어?"

이제는 더 참기 어렵다. 나는 공격적인 어투로 "그래." 하고 대답한다.

"호박 안 넣는 게 훨씬 맛있는데."

"그렇대!"

"당신, 내가 뭐 좀 해줄까?" 도와줄 마음으로 하는 말인 줄 알지만 신경질이 나서 말꼬리를 잡고 싶다.

"당신 일이나 알아서 해줘! 참견이나 안 해주시면 고맙겠다구!"

남편은 영문을 모르겠다는 얼굴이다. 날 이해해주는 사람은 하나도 없다. 나도 내 마음을 모르겠다!

식탁을 차린다.

"왜 애들한테 좀 도와달라 그러지 않구!"

우리 아버지는 우리가 집안일을 돕지 않는다고 늘 화를 내셨다. 그러면 엄마는 아버지께, 이담에 결혼하면 이런 집안일은 싫어도 할 수밖에 없을 거라시며, "지금이라도 가만 좀 내버려둬요." 하셨다. 엄마 말이 옳았다. 나는 도움을 좀 받을까 하고 눈치 보는 건 질색이다. 게다가 나는 하루종일 집 안에 있었는데…….

식구들을 불러 모은다. "밥 먹으러 와라."

우리 집안의 네 개의 고독이 각자, 잊어버리는 게 나은 오늘의 지겨운 기억을 마주하고 식탁에 와 앉는다. 막내만 빼면 모두 다

별로 얘기하고 싶은 기분이 아니다. 남편은 직장에서 있었던 골치 아픈 문제들, 신경 곤두서는 얘기들은 되씹지 않는 편이 낫다고 생각한다. 나? 나는 이미 해볼 만큼은 해봤다. 남는 것은 큰딸뿐이다. 그러나 이 아인 열쇠를 잃어버린 비밀 일기장같이 열어볼 수 없는 존재다. 딸아이의 학교생활은 윤곽이 분명하지 않은 그림자 같아서 나는 우울한 선으로 그려지는 몇 개의 검은 그림자를 빼고는 아무것도 알지 못한다.

우리에게 남은 대화 주제가 있을 것인가?

라타투이!

나는 조심스럽게 말을 꺼낸다. "오늘 라타투이는 어떤 거 같아?"

침묵.

내가 한 음식에 점수 매기는 일에 서툰 나는 언제나 그렇듯이 이만하면 먹을 만은 하다고 생각한다.

막내 : "괜찮아." 보통 때 이 아이는 훨씬 호들갑스러운 편이다.

남편 : "추잉껌이라고 생각하면 그럭저럭 괜찮은데." 봐주자. 이 정도엔 나도 면역이 되어 있다.

큰딸 : "거봐, 내가 호박 안 넣은 게 낫다고 그랬잖아." 잘났다! 도대체 호박이 뭐가 어떻다고 난리람. 시골에서 갓 올라온 싱싱한 호박을 줄기째 사왔건만.

나 : "난, 맛있기만 하다."

남편 : "그래, 그거 다행이네. 그럼 당신 맛있게 먹어!"

나 : "뭐가 어떻다고 그러는 거야?"

남편 : "야채를 하나하나 따로따로 볶았어야지."

아니, 누가 몰라서 그러나!

침묵……. 내가 삐친다. 그가 삐친다. 애들이 삐친다. 박자가 척척 맞는다.

갑자기 떠오른 영감. 남편이 큰딸에게, "요즘 수학 공부는 어떠니?" 무궁무진한 대화주제. 딸애는 방정식인지 공식인지를 주워섬기고 남편 역시 그런 특수용어를 사용해가며 대답을 한다. 그들은 자기들끼리 전문용어를 주거니 받거니 하면서 남은 식사시간 내내 한마디도 내가 끼어들 틈을 주지 않는다. 그러나 나는 내가 만든 라타투이를 위안 삼아 맛있게 먹는다.

가족 전원이 각자 자기 그릇과 포크, 나이프를 설거지 기계에 갖다 넣는다. 그들이 매일매일 베풀어주는 대단한 도움의 손길이다. 그다음엔 즉시 흩어진다. 아빠 곰은 예의 신문(《르몽드》지를 샅샅이 읽는다)과의 감격적인 재회를 맛본다. 작은 곰은 자기 물건을 챙기러 들어간다. 중간 곰은 보란 듯이 책상에 가 앉더니 방이 꺼져라고 한숨을 쉬면서 우울한 모습을 하고 있다. 엄마 곰은 가서 눕는다. 여덟시가 그녀에겐 한밤중이다. 그녀는 침대맡에 놓아둔 산더미 같은 책들을 들춰보지만 무거운 눈꺼풀은 이십 분 이상을 지탱하지 못한다.

나는 우리의 저녁인사가 훨씬 더 격식을 갖춘 것이었으면 한다. 내가 어렸을 때는 엄마, 아빠가 내 침대맡으로 와서 얘기도 해주고 뽀뽀도 해주었다. 나는 벌써 자리에 들었고 딸아이들은 아직 한창 활동 중이니 그렇게는 할 수 없을 것이다. 그래서 생각해낸 방법. 딸들이 내 침대맡으로 와서 입을 맞춰주고 갈 것. 그러나 애들은 생각이 없다…….

다행히 남편이 가끔씩 잊지 않고 기억을 한다.

# 나의 하루는
# 충분히 지루하고 길었다

집을 나설 때면 엄마는 내게 "재미있게 지내라!" 하시고, 아빠는 "공부 열심히 해라!" 하신다.
이중의 실패. 어쩌면 나는 학교에다 너무 많은 걸 기대하고 있는지도 모르겠다.
가장 중요한 나의 활동을 간략히 말하자면 매번 십 초 간격으로 시계를 들여다보는 일이다.
"학교에서 무엇을 배웠지요?" "시계 보는 법요."

나의 하루는 너무나 지겨웠다! 집을 나설 때면 엄마는 내게 "재미있게 지내라!" 하시고, 아빠는 "공부 열심히 해라!" 하신다. 이중의 실패. 어쩌면 나는 학교에다 너무 많은 걸 기대하고 있는지도 모르겠다. 나는 학교에서 너무 많이 기다린다. 가장 중요한 나의 활동을 간략히 말하자면 매번 십 초 간격으로 시계를 들여다보는 일이다. "학교에서 무엇을 배웠지요?" "시계 보는 법요." 시간을 빨리 가게 하는 법을 배우기만 했더라면!

십 초씩 십 초씩, 해방의 상징인 종소리가 날 때까지 시간은 느리게 느리게 흐른다. 모두들 시끌벅적하게 교문을 나선다. 출구, 자유, 햇빛을 향해서……. 아직 어두컴컴한 교실에 익숙해져 있는 나의 눈은 알록달록한 수많은 우산들 속에서 비가 쏟아진다는 것을 알아차리기 힘들어한다. 뛰자, 뛰어야 한다, 비를 그을 곳, 보금자리, 집을 향해서. 얼른 집에 들어가야 한다.

　버스를 기다리고 있는 중이다. 구멍 난 우산을 받쳐들고 간신히 비를 그으며, 나는 정말 매일 새벽 여섯시에 일어날 필요가 있는 것인가를 곰곰 생각해본다. 그래봐야 기분 엉망 되는 거 말고 남는 게 뭐가 있는 걸까. 이놈의 학교는 정말 시간낭비야! 나이 든 사람들은 꿈 같은 나날이었다고 젊은 날을 추억하지만 나는 그런 젊은 날이 어떤 건지 느껴본 적이 없다. 한 가지만 빼면…….

　거창한 오토바이를 탄 남자애가 정확히 내 앞에 와서 멈추더니 말을 건다. "너 괜찮니?" 괴짜 같은 녀석이로군.

　뭐라고 대답을 할까 머릿속으로 구상 중이다. '아주 멀쩡해, 난 비를 좋아하거든. 학교도 좋구, 선생님들도, 수학도, 물리도, 화학도, 그러니까, 산다는 게 다 좋아.' 그러나 그는 나의 공격적인 태도를 이해하지 못할 것이다. 나는 그를 무시하고 다른 데를 바라본다.

　"애가, 들었으면 대답을 해야 할 거 아냐!"

　"음, 그래, 아니, 그게…… 어휴!"

　"집에 가는 거니?" 아니, 난 버스 정류장의 실태에 대해서 앙케트 조사를 하는 중이거든. 오늘 저녁에 영국 여왕에게 말해야 돼.

　"응."

"어디 사는데?" 통북투(옛 프랑스의 식민지였던 아프리카 말리의 도시명 - 옮긴이)에서 일본 왕자랑 산다.

"7번 타고 가는데, 엄마, 아빠, 동생이랑 살아."

"그럼 되게 지겹겠구나. 뒤에 타, 한바퀴 돌자." 그래, 그거야. 비에 젖은 오토바이, 이 멋진 녀석 등 뒤에 붙어서 빗속을 달려보는 거야.

"어머, 버스 왔네." 다음에 또 보자, 왕자님. 제법 매력적인데.

이때 그 애가 내 팔을 잡더니 눈을 똑바로 들여다보며 이렇게 말한다. "너보구 이쁘다고 말해주는 사람이 하나도 없었니?"

이러는데야 나도 질겁을 하지 않을 수 없다. 그러나 그 말을 하는 그 애의 태도에는 뭔가 너무나도 솔직하고 진지한 게 있어서 단순히 여자애들을 꾀는 작전은 아니라는 확신이 든다. 그래서 나는 선심 쓰듯 그러나 간단하게 "안녕." 하고 말해준 뒤 냉큼 버스에 올라타버린다. 그 애는 어안이 벙벙한 듯 나를 쳐다보고 있다.

드디어 피난처를 찾았다. 근데 이게 과연 피난처라고 할 수 있을까. 승객들은 죄다 내 쪽으로 쏠리고 있고 버스 안은 바깥이나 진배없이 습기가 차 있다. 안으로 안으로 헤집고 들어가자, 내 나이쯤 되어 보이는 남학생 하나가 자기 옆에 자리를 내준다. 그 자리에 내가 가서 앉자 그 아이의 친구들인 듯한 남학생들의 웃음소리가 터져나온다. 혼자 있으면 찍소리도 못 하면서 친구들 앞에서는 괜히 으스대보려는 이런 멍청한 녀석들은 정말 밥맛이다.

버스는 만원이다. 노인들은 금방이라도 불평을 터뜨릴 것 같은 심술궂은 비난의 눈길을 우리에게 보내고 있다. 우리가 자리를 양보해주기를 은근히 종용하고 있는 것이다. 그러나 나는 6킬로나 되는 책가방을 들고 서서 참고 갈 힘이 없다. 그렇지만 우리 할머니라면…….

"저, 아가씨." 수작을 걸어온다. "버스를 타고 가실까요?"

"버스 타고 있는 거 안 보이니!"

"그런데, 어느 쪽으로 가십니까?" 저 말투하고는, 험프리 보가트가 나오는 영화 꽤나 본 모양이군. 안 어울리게 존댓말은 무슨 존댓말이람.

"보시다시피 너랑 같은 방향으로 가고 있잖아." 웃으면서 말해준다.

응원이라도 구하듯 쑤군거리고 있는 패거리를 돌아다보더니 그 애가 내게 묻는다. "몇 학년이시죠?"

"일 학년, 넌?"

대답은 안 하고 한술 더 뜬다.

"나이가 어떻게 되시는데요?"

"이제 열여섯 살 될 거야."

"아, 안 돼!" 갑자기 기운 빠지는 소리를 한다. "적어도 스무 살은 된 여자를 드디어 찾았구나 했더니 이건 뭐, 나보다 한 살도 안 많잖아 이거. 너, 애가 조숙한 모양이다, 응?"

나는 내가 내 또래의 다른 여자애들과 그렇게 다르다고 생각하지 않는다.

"네 눈이 어떻게 된 모양이지." 자식, 젖도 안 떨어진 얼굴하고는, 귀엽다 귀여워. 여학생 하나도 어떻게 해야 할지 모르는 주제에 '여자'를 찾아?

패거리가 못 참고 웃음을 터뜨린다.

"에이, 좋아." 하더니 녀석이 "내 이름은 프랑시스야." 한다.

어렵사리 출구 쪽으로 빠져나와서 우리 집 정거장에 간신히 내린다. '발바닥아 부르터라' 하고 집으로 달린다. 오늘은 정말이지 남자들 때문에 되는 일이 없다.

머리는 헝클어지고 옷은 젖은 채로 집에 도착한다. 어두컴컴한 복도에 널브러져 있는 동생의 책가방에 걸려서 하마터면 넘어질 뻔한다. 불도 안 켜져 있고, "우리 딸, 이제 오니?" 하는 소리도 안 들린다. 부엌에서 나는 냄새에 식욕이 동한다. 엄마는 부엌에 있다. 냄비를 열어보니 또 라타투이에 호박이 들었다. 마르틴이 이러면 망친다고 백 번도 넘게 주의를 줬는데.

"새로운 일도 없구?" 하는 데는 할 말이 없다. 없어! 오늘은 정확하게, 컴컴한 교실과 낡아빠진 복도를 오락가락하면서 기계적으로 반복되는 목소리나 듣고, 아무짝에도 쓸모없는 방정식을 배우느라 일분 일분 질질 끌며 흘러간 과거의 더도 덜도 아닌 반복일 뿐이다.

배가 고프다. 오로지 이것만이 확실하다. 일곱시가 다 되어가고 곧 저녁을 먹을 거라는 건 나도 알고 있다. 그러나 난 배가 고프다. 쏘아보는 엄마의 눈길을 모른 척하고 찬장을 뒤져보니 초코칩이

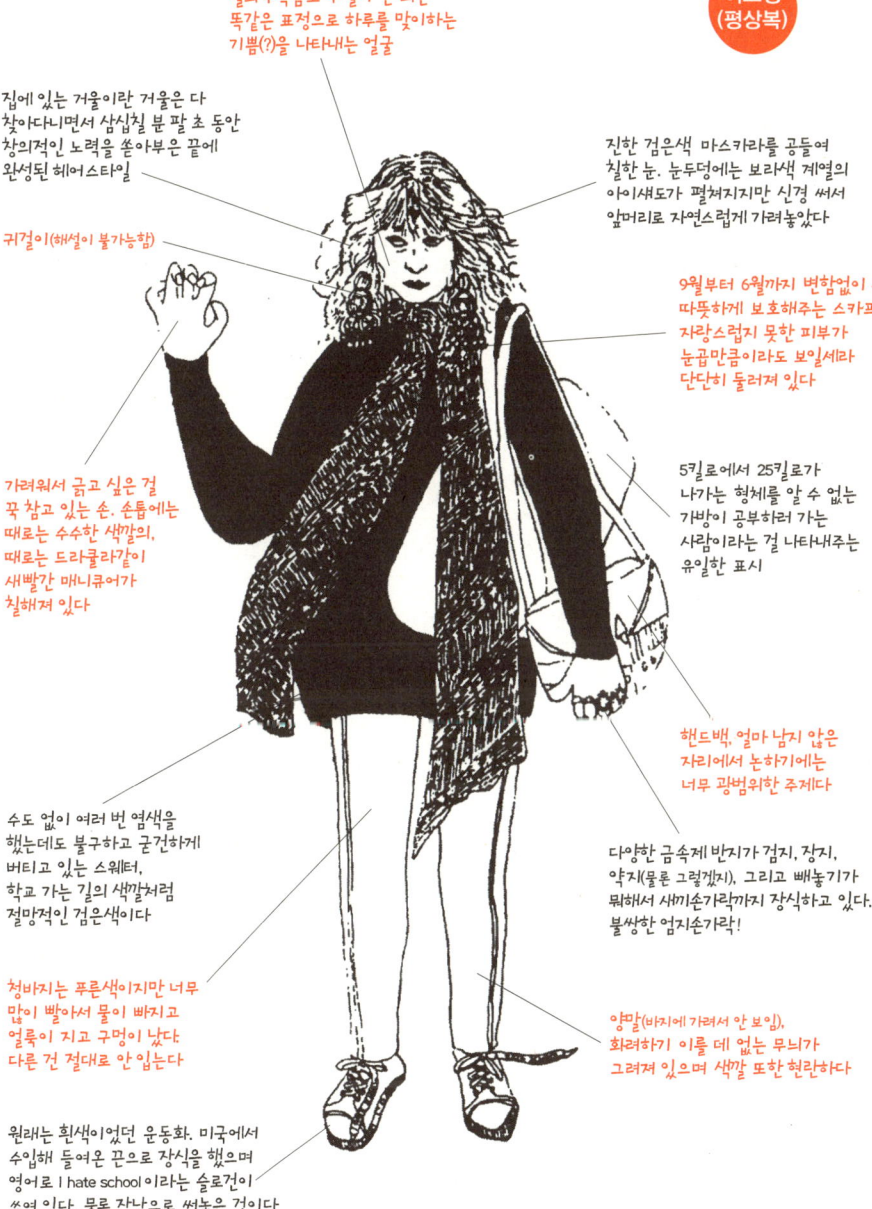

든 버터비스킷이 한 통 있다. 동생이 제일 좋아하는, 그러나 나는 제일 싫어하는 과자다. 그러나 내 입, 내 몸, 내 가슴의 욕구를 진정시키기 위해서는 아무거라도 먹어야 한다.

엄마가 무슨 생각을 하고 있는지 훤히 알고 있다. 내가 뚱뚱하다, 좀 절제를 해야 한다, 다이어트를 해야 한다 등등. 그러나 어떡하란 말인가? 나는 결코 뮈리엘이나 파스칼처럼 날씬해지지는 않을 것이다. 있는 그대로 자연스럽게 살자. 할머니가 그러셨다. "있는 그대로 놔둬야지 억지로 되는 일은 하나도 없다."라고.

다이어트, 그러니까 다른 사람이 먹고, 마시고, 떠들고, 뚱뚱해지는 걸 멀거니 바라보면서, 인간의 기본적인 권리가 주는 쾌감에 접근할 수 없다는 것만큼 맥빠지는 일도 없다. 뚱뚱한 사람들은 억압받는 사람들이다. 이 모든 괴로움이 내가 '뚱뚱한 가문'에서 태어났다는 데에서 온다. 저렇게 도끼눈을 뜨고 나를 감시하고 있는 엄마 자신도 먹는 일에 대해서라면 절제의 모범을 보여준다고 할 수 없다.

이미 가족 내에서 나는 뚱뚱하기는 하지만 일반적인 비만 증세를 가진 여자들과는 다른 현상으로 취급되고 있다. 몸무게가 62킬로(1미터 68의 키에)나 됨에도 불구하고, 나는 몸매("저 훤칠한 것 좀 봐."), 머리카락("머릿결이 참 예쁘지!"), 눈("커다란 눈, 표정이 풍부한 눈, 강렬한 눈초리.")에 대한 칭찬을 자주 듣는다. 이 모든 게 다 문제를 피해가는 길이다. 코, 피부, 비만 경향…… 이런 칭찬들은 잠시 나 자신을 착각하게 만들지만 밖에 나가서 다른 여자애들을 보면 금세 주제를 파악하게 된다.

그러면 그렇지! 엄마가 나더러 살이 쪘댄다. 그 사실을 어떻게 인정하란 말인가? 숨기고 있는 게 나은 진실도 있는 법이다. 내가 살이 쪘다는 건 나 자신이 잘 알고 있다. 그러니 자꾸만 광고할 필요는 전혀 없다.

나빴던 기분이 좋아질락 말락 하는 상태였다. 이제 오늘 저녁은 확실하게 치유 불가능의 나쁜 기분 쪽으로 확 쏠려버린 것이다.

내 방으로 들어와서 음악을 튼다. 캣 스티븐스. 좀 낫다. 겨우 마음을 가라앉힐까 하고 있는데 밥 먹으란다. 집이고, 학교고 다 정해진 리듬에 의해서 돌아간다. 모든 게 의무적이다.

내가 아빠하고 함수, 미분, 방정식에 대해서 열띤 토론을 시작하기 전까지 식사시간은 누가누가 오랫동안 말 안 하나 내기하는 것 같다.

식탁을 치우고 나서 나는 다시 책상에 가서 앉는다. 공격 개시! 정신 차려서 연습문제를 풀기 위하여. 그러나 나의 하루는 이미 충분히 지루하고 길지 않았던가.

내가 이렇게 공부하느라 고생하는 동안 엄마는 물론 잠자리에 들었다. 영화나 책에서 보면, 부모들은 애들이 자기 전에 침대맡에 와서 뽀뽀를 해준다. 그런 일은 정상적인 가정에서나 일어나는 일이다. 우리 집에서는 해당사항이 없는 일이다. 우리가 엄마한테 가줘야 한다는 투다. 말도 안 돼!

열한시 삼십분. 연습문제가 끝났다. 다들 잠이 들었다. 나는 외롭고, 초라하고, 슬픈 기분이다. 얼굴에다 청승맞게 크림을 덕지덕지 바른다. 의사는 엄마에게 내 등을 잘 마사지해주라고 했지만 우리는 뭐가 안 맞는다. 마사지를 받아야 할 때는 엄마가 자고, 엄마가 준비태세를 갖췄을 때는 내 등이 멀쩡하다.

그래, 나도 자리에 든다…….

개가 나더러 예쁘다고 그랬지…….

# 겨우 시험점수 하나 갖고 이 난리야?

내가 가지고 싶어서 가졌고, 배 속에 넣고 다녔고, 기저귀를 갈아주고,
내 젖을 먹이고, 밤잠을 못 자가며 키운 이 아이를 사정없이 때려주고 싶다.
무섭게 노려보고, 마구 물어뜯어주고 싶다. 내 눈앞에서 꺼져버렸으면 좋겠다.

　모두 다 나갔다. 혼자서 식빵 부스러기, 어지럽게 널린 아침 먹고 난 그릇들을 바라보고 있자니 매일 온 식구가 이렇게 허둥지둥하는 게 내 탓이 아닌가 하는 죄책감이 느껴진다. 우리 고3 딸이 나가서 잘 지낼 거라고, 학교생활 잘할 거라고, 그리고 어느 날엔가는 그 걱정 어린 얼굴에 다시 웃음이 피어날 거라고 스스로를 달래본다. 마음속에서 일어나는 근심거리들을 털어버리려고 애를 써본다. 이렇게 기도를 하면서, "제발 오늘 하루 무사히 지낼 수 있기를." 그러나 안심이 안 된다.

만일 지금 부엌을 정리하고, 청소기를 돌리고 다림질을 하면 책상에 앉아서 일하기엔 아침 시간이 너무 어정쩡하게 잘려버릴 것이다. 진도를 나가야 하는데. 아니면, 지금 당장 장을 먼저 봐다 놓을까? 사방에서 유혹의 손길이 뻗치고 있다. 단지 어느 쪽이 정말 유혹인지를 내가 가려내지 못할 뿐이다.

우선 고민하지 않고 옷을 갈아입는다. 나의 유니폼, 냄새나서 못 입을 정도가 될 때까지 매일 입는 치마바지와 티셔츠를 걸친다. 식구들이 안 보니까. 아니면 다들 또 나한테 이럴 것이다. "아, 정말 싫다. 또 그 치마바지야." 하긴, 이 치마바지는 점잖지 못한 부분에 구멍이 나고, 배 있는 데는 표백제 얼룩이 생겼다. 그렇지만 이 옷은 내게 제2의 피부가 되어버렸다. 풍성한 내 엉덩이는 그 속에서 편하게 길들여졌다. 게다가 난, 그런 문제에 일일이 신경을 쓸 수가 없다. 옷 잘 맞추어 입는 문제에 대해서라면, 나는 전혀 안목도 없고, 최소한의 취미나 참을성도 없다. 노력을 안 한다. 유치원 시절, 아이들이 벌이는 경쟁에 질려서 다섯 살 이후로 나는 그 문제는 완전히 포기했다. 긴 머리는 그냥 양 갈래로 땋아내리고(이것 역시 유치원 시절의 잔재다) 신체적인 아름다움 같은 데는 신경을 딱 끊어버렸다.

설거지를 해야 하는데, 정리라도 좀 하면 나을 텐데, 저녁엔 뭘 해 먹지 하는 생각들을 떨치지 못한 채 불편한 심사로 책상에 앉는다. 마음을 비우고 정신을 집중한다. 시간이 많이 흐른 어느 날, 그때까지 내 머리가 고장을 일으키지 않는다면, 마술지팡이로 뚝딱

하듯 나를 문학박사로 만들어줄 논문을 생각한다. 무심코 창밖을 내다보니 비 소식이 무색하다. 쨍한 햇빛과 푸른 하늘이 나를 꼬드긴다. "바닷가에 산책 나가보렴, 자, 빨리!"

전화벨 소리. "우리 바닷가로 산책 나갈까?" 머리가 빠르게 회전한다. '그래, 맞아, 다 그만두자, 수영, 일광욕, 남프랑스의 저 아름다운 태양 아래서 잠에 취해보는 거야, 그게 사는 거잖아, 한나절만, 딱 한나절인데 뭐. 어쨌거나 사는 게 중요한 거지. 때를 놓치지 말자. 다 부질 없어. 지겨운 공부, 논문을 써서 뭐하겠다는 거야.' 나는 마음 굳게 먹고 대답한다. "안 돼, 일이 너무 밀렸어. 틈을 낼 수가 없어. 다음에 가자!"

수화기를 놓고 서재로 돌아오는 길에 눈앞에 어른거리는 설거짓감, 저녁 찬거리, 빨래, 태양, 바닷가와 싸운다. 성난 코뿔소처럼 이를 악문다. "해낼 거야!" 시간이 어떻게 가는지 모른다. 한 시간, 두 시간. 됐다. 제대로 되고 있다.

혼자의 평온함을 질타라도 하듯이 전화벨이 울린다. 뛰어간다. 나는 전화 코드를 빼놓을 결심을 하지 못한다. 마음이 안 놓이기 때문이다. 나는 너무 궁금한 게 많고, 욕심이 많고, 속되다. 그리고 누가 방해를 해줬으면, 낯선 충격이 생겨났으면 하는 마음이 언제나 있다. 언니일지도 몰라, 오래 못 만났던 친구, 기가 막힌 소식인지도 모르잖아. 산다는 건.

딸아이다. 끔찍이 아끼는 우리 큰딸이다.

"엄마!" 아이가 울고 있다.

기겁을 한 내가 묻는다. "무슨 일이니?"

"어- 어- 엄마아아!" 딸아이는 떨리는 소리로 더듬거린다.

"얘기해봐!"

"어- 엄마, 엄마아아!"

"얘기를 해보라니까!"

"나, 지금, 집, 응, 집에, 가도, 돼?" 딸꾹질이 나서 어쩔 줄 모르는 아이 같은 목소리다.

"왜 그러는 거야? 무슨 일 생겼니?"

"어, 엄마!" 목소리가 날카롭고 커진다. '살려주세요!'라는 뜻의 응급구조 신호다.

"그럼, 집에 와도 되지!"

"그, 그럼, 지금 갈게."

이제 공부는 다 했다! 이제 막 발동이 걸렸었는데. 아래층으로 내려가본다. 거실을 여덟 번은 왔다 갔다 하고 있는 중이다. 집 안을 빙빙 돈다. 머리가 가렵다. 땋은 머리를 풀어헤친다. 딸애가 오나 나가본다. 그러다 결심한 듯, 설거지를 한다. 아니, 친절하게도 인간(아니 참, 여자!)에게서 이 일을 앗아가주신 기계 속에 식기들을 차곡차곡 넣는다. 무슨 비밀무기라도 준비하듯 참치 깡통을 뜯고 있을 때, 폭탄 터지는 소리를 내며 문이 쾅 닫히더니 딸아이 책가방이 떨어진다. 기적적으로 문은 안 부서졌다.

딸아이는 소파에 무너지듯 몸을 던진다. 연출은 사라 베른하르트 못지않게 훌륭했으나 바퀴가 달린 탓에 소파는 딸아이를 싣고

시속 50킬로미터로 거실 반대편을 향해 자동으로 굴러간다. 바닥에 바퀴자국이 날까 봐 신경이 쓰여 '좀 조심해서 앉아라!' 하는 말이 목구멍까지 올라오지만 참는다. 그런 말 입 밖에 낼 때가 아닌 거 같다. 겁이 난다.

"무슨 일인데 그러니?" 겉보기에는 멀쩡하다. 육체적인 폭력을 당한 것 같지는 않다. 도둑을 맞거나, 성폭력, 자동차 사고, 지진, 홍수, 뭐 그런 사고는 일어나지 않은 것 같다.

딸아이는 소파를 제자리에 갖다놓고 찻잔 받침에 찻잔을 올려놓듯이 그렇게 얌전히 가서 앉는다. 증오와 슬픔과 신랄함을 가득 내뿜는 눈길로 딸아이는 나를 바라본다. 즉각적으로 나는 내 잘못이구나 하고 느낀다. 번뜩, 이 아이의 존재를 고통의 세계로 밀쳐 넣었다는 자책감이 인다.

딸아이의 눈길은 내 살갗을 뚫고 들어와 여러 가지 감정이 교차하는 내 머릿속의 한 지점에 이른다. 바로 그 지점에서 신경질이 표면으로 부상한다. 분통이 터진다. 꾹 참고 다시 묻는다. "무슨 일이냐니까?"

땅이 꺼질 것 같은 한숨. 한 손은 머리에 가서 얹히고 여전히 혐오감과 뼈아픈 슬픔의 중간쯤 되는 눈길.

"왜 그래, 무슨 일이야?"

천둥벼락이 치기 직전의 무겁고도 웅성대는 침묵. 이렇게 묻는데 고집도 참. 도대체 어떻게 다그쳐야 저 앙다문 입이 열릴까? 얼굴은 퉁퉁 붓고, 많이 울었는지 눈은 벌겋게 충혈되었다. 딸아이는 자제하고 있다.

"너, 얘기할래, 안 할래?" 한 치도 진전이 없는 답답한 장면에 화가 날 대로 난 내가 소리를 지른다. 딸아이가 울먹이는 소리로 입을 연다. "20점 받았어!" 해놓고는 어깨를 들먹이며 울음을 터뜨린다.

"물리?"

"화학!"

내가 가지고 싶어서 가졌고, 배 속에 넣고 다녔고, 기저귀를 갈아주고, 내 젖을 먹이고, 밤잠을 못 자가며 키운 이 아이를 사정없이 때려주고 싶다. 무섭게 노려보고, 손찌검, 발길질을 하고 싶다. 마구 물어뜯어주고 싶다. 내 눈앞에서 꺼져버렸으면 좋겠다. 나는 먹따는 소리로 고함을 지른다.

"그래, 겨우 시험점수 가지고 이 난리를 치는 거니, 지금?"

눈물이 점점 더 펑펑 쏟아진다. 코가 줄줄 흐른다. 나도 친절하고 상냥한 엄마가 되어볼 수도 있을 것이다. 쓰다듬어주고, 질려있는 아이에게 괜찮다고, 아무것도 아니라고 위로해줄 수도 있을 것이다. 친절해진다거나 그 점수가 왜 그렇게 딸 마음을 완전히 흔들어놓았는지 알아봐야겠다는 건 생각조차 나지 않는다. 울고 있는 아이에게 화장지를 가져다줄 생각은 더욱더 나지 않는다. 딸아이는 소매로 코를 훔쳤다.

"넌, 소매로 콧물 닦는 게 지저분하다는 것도 모르니! 내가 또 빨아야 되잖아!" 빨래쟁이가 악을 쓴다.

내 말은 아이에게 위로가 되지 않는다. 두 눈에서 눈물이 비 오듯 한다. 딸아이는 욕실로 자리를 옮긴다. 반투명 유리에 비쳐 보이는 모습이 들썩들썩하고 있지만 눈물 교향곡은 소리가 없다.

점점 더 화가 난다. 나는 우나 안 우나 감시하는 사람처럼 욕실 문 앞에 지키고 서서 유리문 저쪽에다 대고 고함을 지른다.

"오늘 오후 수업 빼먹었으면 괜찮았을 거 아냐? 영화를 보러 가든지, 바닷가에 산책이나 나가든지 그랬으면 좋았잖아? 뭣 때문에 내가 이 구역질 나는 장면을 보고 있어야 되는 거야?"

내 책상, 내 은신처에서 일 잘하고 있었는데. 지금 나는 내 보잘것없는 존재의 저 밑바닥 끝에서부터 울화가 치민다. 뭘 해야 좋을지 모르겠다. 얼른 속으로 현명하고 참을성 있게 해달라고 입 속으로 중얼중얼 기도를 드린다. 그렇게 많은 사랑을 쏟아붓고도 때때로 치미는 미움 때문에 다 망쳐버린다. 이제는 애가 울다가 어떻게 될까 봐 겁이 난다.

"그만해! 이제 됐어. 그깟 일로 뭘 그래!"

"그깟 일이라구?" 딸아이는 '앗, 뜨거워라!' 하듯이 즉각 반응을 보인다. "내가 공부를 못해도 그깟 일이야? 내가 낙제를 해도 그깟 일이냐구? 아빠한테 좀 물어봐, 그깟 일인지!"

"한 과목 점수 나쁘다고 낙제 안 해! 최고점이 몇 점이었는데?"

"35점!"

또다시 피가 거꾸로 치솟는다. 하지만 화장실에서 눈물바다에 빠져 죽기 전에 저 애가 좀 나왔으면 좋겠다.

"이러구, 어떻게 얘기가 되니. 와서 뭐라도 좀 먹어라!" 먹는 얘기가 화장실에 숨어 있는 아이의 마음을 움직였나 보다. 바로 그때, 작은딸이 들어온다. 무슨 안 좋은 일 생겼나 보다 하고 순진하게 묻는다. "무슨 일 있어? 언니는 왜 벌써 집에 왔는데?"

나는 끔찍한 말만 골라서 대답한다. "쟤네 엄마가 죽었단다. 그리고 요새 사귄 남자친구를 잃었대."

말을 마치자, 작은딸이 화장실 쪽을 돌아본다. 나의 유머가 전혀 먹혀들지 않는 모양이다. 다시 큰딸을 불러본다. "얘, 나와, 우는 거보다는 웃는 게 낫잖아." (우리 할머니 말씀이다.)

딸아이는 또다시 울음을 터뜨린다. 몸에 있는 물기란 물기는 다 빼버리기로 작정을 한 모양이다. 작은딸이 날 쳐다보며 낮은 소리로 묻는다.

"무슨 일인데 그래?"

"화학시험 20점 받았대." 사건을 환기시키자, 눈물이 점점 더 쏟아지는 모양이다. 가만있을 수가 없다. 마요네즈 튜브를 쭉 짜서 참치 위에다 뿌린다.

"참치 먹을래?" 그제야 나타난다. 앉는다. 머리는 엉망이고, 얼굴은 벌건 데다가 부어서 눈이 안 보인다. 조용. 이제 힘이 빠진 거다.

언니를 위로해보겠다고 동생이 말한다. "선생님이 채점을 잘못하신 거 아냐?" "모르면 입이나 다물고 있어! 이 멍청아!" 그러더니 다시 화장실로 들어가버린다. 눈물, 또 눈물. 또 시작이다. 눈물

홍수.

정신이 돌아버릴 것 같다. 더 이상 참고 볼 수가 없다. 이 아이가 내 눈앞에서 꺼져버렸으면 좋겠다. 이제 내가 악악댄다. "나가. 이 집에서 나가. 됐어. 그따위 눈물은 장례식에나 가서 흘려. 누구 엄마라도 죽으면 그렇게 울란 말이야! 화학점수 하나 갖고 이게 무슨 짓이야. 누가 죽을병에라도 걸렸니, 돌이킬 수 없는 사고라도 났어, 전쟁이 났니, 굶어 죽게 됐니! 어디서 거지 깡깡이 같은 시험점수 하나 갖구 온 집안이 뒤집어지게 난리야, 난리가! 나가버려!"

딸아이가 가버린다. 부엌을 지나서, 거실을 지나서 현관까지 가더니 부서져라 문을 쾅 닫는 바람에 천장에서 석회가 떨어진다. 속이 휑 빈 것 같다. 내가 꼭, 모르고 세탁기에 넣고 돌려서 너덜너덜해져서 나온 100퍼센트 실크 양말짝같이 느껴진다. 그래도 먹던 참치를 다 먹을 정신은 남아 있다. 그러자 끔찍한 그림들이 내 머릿속에서 줄을 잇는다. 청소년들의 자실이 생각난다. 화학 점수 하나로 몇 명의 아이들이 스스로 목숨을 끊었던가? 소름 끼치는 공포.

햇빛을 받아 빛나는 한없이 평화로운 백여 개의 바깥 계단을 내려가면서 나는 딸아이의 흔적을 살핀다. 사태의 심각성에도 불구하고 시어머니가 곧잘 흥얼거리시던, 아이들이 놀면서 술래잡기할 때 부르는 노래의 가락이 떠오르는 것을 물리칠 수가 없다.

아, 나는 딸을 잃어버렸지
사파피니, 사파피니.

아, 나는 딸을 잃어버렸지
사파피니, 퍽도 잘했구나.

눈으로 집 앞의 길을 주욱 다 훑어본다. 큰길까지 잰걸음으로 쫓아가본다. 딸애가 안 보인다, 사파피니, 사파피니. 공포에 질려서 집으로 올라온다. 남편한테 전화를 해야 하나, 엄마한테, 언니들한테, 경찰한테? 한 발짝 뗄 때마다 수세기 전부터 내게 심어져온, 반복적인, 오래된 죄의식이 울리는 소리가 난다. 화학에서 20점을 받은 건 두말할 것도 없이 나의 유전자에서 비롯된 것이다. 나의 유전자가 수학, 물리, 화학 과목에 눈곱만한 재능도 갖추지 못하고 있다는 것은 의심의 여지가 없다. 그러므로 잘못은 나한테 있는데, 그것도 모자라서 어두운 골목길로 아이를 내쫓아버리다니, 무슨 일이나 당하면 어쩌라고.

으스스한 생각만 나고 소름이 끼친다. 작은딸, 아무런 문제도 일으키지 않는(현재로서는) 딸이 집 안에서 나를 기다리고 있다는 데에 생각이 미친다. 그 딸이 속닥속닥 말해준다. "언니 들어왔어. 자기 방에 올라갔어."

발끝으로 살금살금 계단을 올라가본다. 그 애 방 앞에 서서 살짝 들여다본다. 잃어버렸던, 다시 찾은 딸, 사파피니. 딸아이는 아무 일 없다는 듯이 폭신한 침대에 누워서 한심한 소설을 읽고 있다. 삼 주만 지나면 국어과목 대학 입학 자격시험을 보는데.

마음이 놓이면서 허탈해진다. 어디서 뭘 해야 할지를 모르겠다.

귀머거리들 같은 대화를 다시 이어나갈 기운이 이제는 없다. 이제 내 책상에 다시 가서 앉는 게 문제가 아니다. 침대에 가서 책 한 권 (한심한) 집어들고 뻗는다.

바닷가에나 갈걸!

 ## 엄마라는 사람이 저럴 수가……

시험점수는 잊어버리고 엄마 때문에 울고 있는 게 어느 순간부터인지 모르겠다. 엄마는 전혀 이해를 못하고 있다. 내가 일일이 설명을 해야 되나, 엄마가 됐으면 이해를 해야지. 마침표! 나는 엄마가 이해하지 못하는 게 서러워서 운다.

드디어, 등굣길에 나섰다. 잠시 중단, 어디를 가려고 나선 거지? 매일 마찬가지다. 습관이라는 말이 있다. 그래, 매일 마찬가지다. 힘들다. 너무 힘들다. 그러나 오늘은 좀 특별한 날이라는 걸 아무도 모른다. 승리의 트럼펫, 야호! 지난번 화학시험을 잘 봤다. 오늘은 선생님이 답안지를 나눠주시는 날이다.

이 과목이 내가 제일 싫어하는 과목이라는 말에 빨간 줄을 세 번 쳐야 한다. 물리는 '내가 학교에서 싫어하는 것들'의 '히트 퍼레이드'에서 두 번째 자리를 차지한다. 그다음은 체육. 그다음은, 내 시간표에 나와 있는 처량한 몇몇 가지 현상들이 네 번째 자리 다툼을 격렬히 벌이고 있다.

이 사실을 충분히 감안, 어떻게 해서라도 '화학에서 드디어 중간 점수를 차지한 학생'이라는 영예를 얻고자, 나의 머리, 영혼, 의식, 나의 존재는 원자와 이온이 나오는 공식들을 더 들어갈 자리가 없을 때까지 외우고 외웠으며 완벽하게 소화했다(알코올+산은 에테르+물이 된다). 익숙지 않은 나의 두뇌 속에 산을 쑤셔넣으며 암기력을 발휘했다. 나는 시금치 한 통을 다 먹어치우고 난 뽀빠이보다도 더 힘이 날 것 같은 기분이었다.

만반의 준비를 갖추고 시험에 임했으므로 나는 아주 자신이 있었다. '미스 여드름 대회'에 나가는 것 못지않게 자신이 있었다. 시험 본다는 소리만 들려도 어김없이 나를 찾아드는 불안초조한 기분은 이번만은 아무런 조짐을 나타내지 않았다. 한 문제도 빼놓지 않고 다 풀었다. 아, 이 기석!

그런 만큼 조급한 마음을 억누르기가 어렵다. 보리스 비앙의 글 한 구절이 생각난다. "화학과목에서 합격 점수를 받기 전에는 죽고 싶지 않다." 매일 저녁 나는 시험점수, 나의 기가 막히게 멋진, 비할 데 없이 뛰어난 점수를 생각하면서 잠이 들었다. 자만심이 이만저만이 아니었다. 다른 꿈을 꿀 수도 있으리라. 사랑, 모험, 돈, 장래. 그러나 내게는 시험점수가 내 꿈, 내 희망의 전부였다.

무엇보다도 나는 다들 깜짝 놀라게 해주고 싶다. 그들이 어리둥절해할 것을 상상해본다. 차분한 식탁, 바질향 야채 소스를 곁들인 파스타 접시를 앞에 놓고 부지런히 포크를 놀리고 있는 그들. 대화 중에 내가 점잖게 끼어든다. "있잖아, 나, 화학시험 80점 맞았다!" 다들 깜짝 놀라서 입으로 들어가던 파스타가 튀어나올 판이다.

학교 앞에 심어놓은 올리브나무 있는 데서 카린을 만난다. 그녀가 묻는다. "화학시험 잘 봤어?"

"응, 그럭저럭 괜찮았어. 너는?"

"아, 난 모르는 문제 없더라. 보나 마나 점수가 기찰걸!"

자신들의 화학적 재능에 스스로 만족해하고 있는 우리 귀에 종소리가 와 닿는다. 서둘러서 교실로 향한다. 난생처음 신나는 기분으로 맞이하는 화학수업 시간. 기대에 부푼 가슴으로 자리에 앉아서, 인정사정 안 보는 철면피, 혹은 과학이 줄줄 쏟아져나오는 수도꼭지, 혹은 시험지 채점기(이 중에서 틀린 답을 골라 지우시오)를 쳐다본다. 학생들은 다(거기에는 미래의 노벨상감인 나도 섞여 있다) 선생님이 문제의 시험 얘기를 꺼내기를 이제나저제나 하고 기다리고 있다.

선생님은 우리의 궁금증을 대번에 풀어주신다. "자, 답안지를 나눠주겠습니다. 답안지가 영…… 형편없군요. 쓰레기통감이에요. 다들 머리가 텅 비어버린 거예요, 뭐예요. 멍청하기는……. 다들 엉망진창이에요, 도대체 공부를 한 거예요, 안 한 거예요, 수업시간에는 뭐 했죠, 나, 이거 원……."

교실 안은 물 끼얹은 듯 조용하다. 생각지도 못했던 선생님의 말씀에 모두들 할 말을 잊는다. '그럴 리가……. 문제가 너무 쉬웠는데, 설마, 난 예외겠지.' 하고 나는 속으로 생각한다. 머릿속으로 골똘히 이런 생각을 하다가 "20점!" 하는 소리에 기절초풍할 듯 일어서는 나.

잠시, 나는 현실감각을 잃는다. '저게 정말 나한테 하시는 말씀인가? 아냐, 그럴 리가 없어. 20점이라니, 말씀이 헛나온 거겠지. 아냐, 장난하시는 건지도 몰라.' 뭐가 잘못됐을 거라고, 그렇게 생각하고 있는데 답안지에 으스스한 현실, 빨간 글씨로 적힌 시험점수가 눈에 들어온다. 실수(선생님 실수!)를 찾아내겠다는 생각으로 떨리는 손을 가다듬어 답안지를 넘겨본다. 그러나 벌써 두꺼운 안개가 답안지와 나 사이를 가로막아 선다.

애써서 공식을 기억하고 써넣은 나의 답안들, 빼곡하게 써넣은 논리적인 설명들 위에 가차없이 죽죽 그어진 빨간 줄밖에 눈에 들어오는 게 없다. 도대체 이게 어떻게 된 일인가?

교실을 떠쳐나오면서 나는 억지로 눈물을 삼킨다. 어떻게 이렇게 바보 같을 수가 있을까? 카린이 부르는 소리가 희미하게 들리는 것 같다. "어어, 조심해, 넘어진다! 너, 몇 점 받았니? 난, 15점이야. 세상에, 그 선생 진짜 피도 눈물도 없는 인간이야!"

그녀 쪽은 쳐다보지도 않고 지나친다.

기가 막혀서. 바보 같은 실수 때문에, 글쎄, 알파벳 몇 글자 잘못 쓰는 바람에 상상도 하지 못했던 최악의 점수를 받고 말았다. 프로필기의 에탄이라고 써야 할 것을 에탄기의 프로필이라고 썼다. 전치사 하나 잘못 쓰는 바람에 답안이 거꾸로 되어버려 다 틀렸다.

초등학교 국어시간에 문법을 배우면서, 전치사가 나중에 화학시간에 이렇게 결정적인 역할을 하게 되리라는 걸 어떻게 짐작이나 할 수 있었겠는가!

학교가 파하려면 아직도 멀었지만 더 이상 버틸 힘이 없다. 쓰러지기 일보직전이다. 어떻게 다른 선생님들 얼굴을 볼 것인가, 남의 속도 모르고 오 분 건너 한 번씩 내 점수를 물어볼 멍청한 애들하고 어떻게 온종일 같이 지낼 수가 있을 것인가?

집에 가버려야겠다. 어찌 됐든, 미칠 것 같은 이 속이라도 좀 풀어야 한다. 엄마한테 전화를 해야겠다. 엄마는 이해해줄 것이다.

50상팀짜리 동전을 찾아서 호주머니마다 다 뒤진다. 동전 지갑 속에 한 개 있다. 공중전화 부스를 향해서 달린다. 다행히 빈 부스가 있다. 전화도 고장이 안 났다. 기적이다.

갑작스러운, 사무적인, 냉정한 목소리가 전화기 속에서 내게 대답해온다. 우리 엄마다, 엄마, 엄마! 이렇게 차갑고 동정심도 없어 보이는 낯선 목소리에다 대고 말을 꺼낼 수가 없다. 막상 내 얼굴을 보면 이해해줄 것이다. "지금 갈게." 하면서 수화기를 내려놓는다.

눈물범벅이 되어 버스를 타고 도시를 가로질러 집에 도착하니 눈도 귀도 멀고, 죽을 것처럼 피로하다. 전부 다 엉망진창이다. 인생이란 이렇게 거지 같은 시험점수, 엉터리 같은 시험점수 하나에 불과하다. 나를 짓누르는 스스로의 무게에서 벗어나기 위해 소파에 몸을 던진다. 이런 망할 놈의 소파, 바퀴가 달린 걸 깜빡했다. 거대한 롤러스케이트를 탄 형색이다. 바닥에다가 자국을 있는 대로 내면서 나는 소파에 실려 거실을 가로질러 굴러와버렸다. 벌써 긁힐 대로 긁힌 바닥이다. 알았어. 알았어. 예고, 경고, 으름장. 엄마 목소리가 들리는 것 같다. 누가 이렇게 제멋대로 굴러가는 소파를 샀냐. 바닥 긁히는 게 뭐 내 잘못인가, 거지 같은 가구 때문이지.

지금 이 순간, 나는 오로지 눈물 펑펑 쏟아내는 것밖에 아무것도 모르는 하나의 기계일 뿐이다. 할머니 생각이 난다. 어렸을 때 떼를 쓰고 울면 할머니는 병을 찾으러 가셨다. 내 눈물을 받아야 된다고 하시면서. "다 쓸데가 있을 거다. 잘못을 하고도 울 줄 모르는 계집아이한테 갖다주거나, 음식 간 맞출 때 쓰거나, 아니면 그냥 마시기라도 하지." 내가 흘린 눈물을 내가 마신다는 데에 생각이 미치면 언제나 울음이 뚝 멎었다. 그러나 지금은 아니다.

시험점수는 잊어버리고 엄마 때문에 울고 있는 게 어느 순간부터인지 모르겠다. 엄마는 전혀 이해를 못하고 있다. 내가 일일이 설명을 해야 되나. 엄마가 됐으면 이해를 해야지. 마침표! 나는 엄마가 이해하지 못하는 게 서러워서 운다.

욕실로 피신을 한다. 뭔가 잘못된 엄마의 아이로니컬한 말들을 피해서, 실컷 울 수 있기 위해서. 힘들어서, 세상이 나를 이해해주지 않아서, 모성애라는 것에 대한 실망감 때문에, 거지 같은 점수를 매김으로써 이 난리를 겪게 만드는 선생님들의 무심함을 탓하며.

배가 고프다. 내 안에서는 자존심과 생리적 욕구가 팽팽하게 맞서고 있다. 마침내 마요네즈 참치에 못 이기는 척하기로 결심한 바로 그 순간, 동생이 들어오면서 하는 말. "선생님이 채점을 잘못하신 거 아냐?" 내가 확인을 안 해봤다는 듯이, 이게 이렇게 돌이킬 수 없는 일이 아니라는 듯이, 지겨운 학교에서의 일상에 겨우 악몽 하나 더 보탰을 뿐이라는 듯이.

나는 다시 화장실로 들어가버린다. 나 자신이, 아무리 화장실 물을 내려도 씻겨내려가지 않는 '인간의 찌꺼기'같이 느껴진다. 도대체 탈출구가 없다. 바로 이때, 엄마가 해결책을 제시해준다. "나가버려!"

그래, 나도 떠나버리고 싶어. 다들 다시는 내 꼴을 안 보게 만들어줄 테야! 이 썩은 사과 같은 생활에서 벗어나 다른 신선한 사과를 깨물어볼 거야. 멀리, 아무 데나, 드디어 밀실공포증이 생겨날 것 같은 이 화장실이 아니면 아무 데라도 좋아.

나간다, 이놈의 집을, 엄마를, 동생을 놔두고 떠난다. 그러나 반쪽의 이성이 한여름의 땀방울처럼 내게 딱 달라붙어 있다. 층계에 앉아서 상황판단을 해본다. 주머니에 가진 돈 한 푼 없고, 버스표도 없고, 먹을 것 하나, 갈아입을 팬티 하나도 없다. 하룻밤 재워줄 사람도 없다. 그렇다고 비행기 타고 미국에 있는 이모 집이나 이스라엘에 있는 사촌들한테 갈 수도 없다. 마르고네 집에도 갈 수 없다. 그랬다가는 단박에 들킬 테니까.

게다가 나는 원한다, 아까 그 참치, 따뜻한 내 침대, 우리 화장실, 심지어 그 바퀴 달린 소파까지도. 아무도 나를 이해해주지 않고, 내 문제는 내가 혼자 감당해야 한다면, 결국 인간이란 지독하게 외로운 존재라면, 적어도 몸이라도 편하고 보자.

그래서 나는 살금살금 집으로 기어들어온다. 죄지은 사람처럼 부끄러운 기분으로 내 방으로 올라간다. 인생에 도움이 되는 수많은 일들을 다 제치고 그 바보 같은 국어책을 펴놓고 공부를 할 수도 있을 것이다. 그러나 나는 아무 책이나 하나 집어들고 날개 부러진 새끼새처럼 둥지 속에 들어가 박힌다. 잠시 머릿속의 고통들일랑 접어두고, 줄리 혹은 로라 같은 여자들의 가슴의 고통에 관심을 두어본다.

엄마가 문 앞에 와 있는 것 알고 있다. 그리고 무슨 생각을 하고 있는지도 알고 있다. 근데 왜 엄마는 내가 무슨 생각을 하고 있는지 모르는 것인가?

차라리 영화나 보러 가는 건데.

# 어째서 이 아이는 내가 좋아하는 물건만 좋아할까?

아이는 내 노란 양말을, 치마를, 내 검은 스웨터를, 자기 셔츠를 벗는다.
이어서 아이가 미처 자기 실수를 깨닫기도 전에 내가 깜짝 놀라서 소리를 지른다.
"내 브래지어잖아. 벌써 두 달째 찾고 있는데. 내가 제일 좋아하는 브래지어인데."

1. 검은색 아이펜슬을 찾고 있는 중이다. 나는 눈꺼풀 위에 한 줄을 그려넣지 않으면 밖에 나가지를 못한다. 성난 강도처럼 서랍을 뒤집어엎고, 화장대를 온통 뒤져본다. 없어서는 안 되는 이 물건은 도대체 눈에 띄지 않는다. 할 수 없이 옛날에 쓰던 푸른색 아이펜슬을 사용한다. 온종일 눈꺼풀이 근질근질할 것이다.

2. 눈물을 머금고, 과일과 야채 무늬가 있는 노란 면양말을 신을 준비를 한다. 나는 양말에다가 발을 끼워넣는 걸 좋아한다. 맨발을

감싸는, 따뜻하게 혹은 시원하게 발을 보호해주는 양말의 감촉을 좋아한다. 그러나 양말 서랍에 얌전히 들어가 있어야 할 노란 양말이 없다. 금방 빨래를 널어놓고도, 나는 빨래바구니를 헤집어보며 혹시 그 안에 들어 있나 본다. 발을 내려다본다. 벗고 있지는 않지만, 뭔가 뺏긴 것 같고, 모자라는 것 같아 보인다.

3. 미국에 사는 친구가 보내준, 미키가 기타 치는 그림이 있는 티셔츠가 꼭 입고 싶다. 즐거운 기분의 영향으로 검은색 아이펜슬과 노란 양말 때문에 속상한 마음을 잊을 수 있도록. 없어졌다! 보나 마나 뻔하다. 딸아이 방에 가서 수색을 해봐야 한다. 구겨지고, 형태가 변하고, 더러워진 회색(원래는 흰색이었고, 새 옷이었다) 티셔츠. 입을 수가 없게 되어 있다. 참자. 수색한 보람은 있었다. 내가 아주 아끼는 내 파란색 원피스가 엉망진창인 딸의 옷장 한구석에 처박혀 있었기 때문이다.

4. 다른 티셔츠를 입는다. 너무 춥다. 의자 있는 데로 간다. 내 검은색 스웨터는 수년 전부터 언제나 그 의자 위에 걸쳐져 있다. 행방이 묘연하다. 검은색 아이펜슬도 없고, 검은색 스웨터도 없고, 노란 양말도 없고. 할 수 없이 다른 스웨터를 입는다. 습관이 된 옷을 놔두고 다른 옷을 입는 건 너무나 싫다. 다행히 내 치마바지는 제자리에 있다.

5. 장바구니와 손지갑을 챙겼다. 이제 헝겊을 덧댄 재킷을 걸칠 생각이다. 맙소사! 그 재킷도 없다. 꼭 필요한 기초적인 물건들이 없어지는 것은 평온하고 매끄러운 내 일상을 방해한다. 큰딸이 내 옷장을 공동으로 사용해도 된다고 생각한 이래 일어나는 일이다. 이따 낮게 집에 들어오면 오늘은 이 문제를 꼭 거론해보리라.

어쩐 일로 딸아이는 기분이 좋아서 들어온다. 느닷없이, 생각지도 못했던, 관대하고도 감동적인 제스처를 한다는 것이 그 증거다. 내게 다녀왔다는 인사를 한 것이다. 유쾌하지 못한 얘기를 꺼내서 아이가 내게 내미는 이 한 송이 꽃을 짓밟아버릴 것인가? 어쨌거나 그건 불필요한 일이다. 내 노란 양말을 신고, 내 검은색 스웨터를 입고 헝겊을 덧댄 내 재킷을 걸친 딸아이의 모습이 나의 궁금증을 분명하게 풀어주었기 때문이다. 아이가 선수를 친다.

"아, 나 오늘 엄마 양말 신고 갔어."

"난, 그 양말 찾느라고 구석구석 다 뒤졌는데."

"그래?"

"너, 그거 내가 좋아하는 양말이라는 거 아니?"

"그래?"

"좀 물어보고 신었으면 좋잖아."

"그래?"

딸아이는 계속 "그래?"만 반복하고 있다. 이 아이는 제 친구 엄마가 돌아가셨다고 전해주어도 "그래?" 하고 대꾸할 기색이다.

"그래?"라니. 내 양말을 훔쳐가놓고 뻔뻔하게 "그래?"라니.

딸아이의 반격. "난 양말이 없단 말이야."

"그럼 사면 될 거 아냐!"

"언제?"

"다음 토요일에 사러 나가든지!"

"그럼 할머니 집에는?"

맞다. 매주 토요일 오후 우리 가족은 시어머니를 뵈러 간다. 시어머니는 일주일 내내 우리를 기다리고 계신다. 그건 신성불가침 영역이다. 딸들은 친구들이 놀러 가자는 걸 다 거절해야 한다. 우리 부부는 만사를 제쳐두어야 한다. 나는 언제쯤 이 아이들이 이 토요일의 숙제, 자기들 시간표에서 사라져버리는 토요일 한나절에 이의를 제기하고 나설까 조마조마하다.

할머니 댁에서 보내는 시간들은 전혀 즐겁지 않다. 달수를 거듭할수록 음울하게 늙어 가는 그녀의 패배를 지켜볼 따름이다. 우리는 갓 구운 따뜻한 크루아상을 사가지고 가서 다 같이 간식을 즐긴다. 그다음은, 눈은 텔레비전에다가 고정한 채 그녀의 기분을 돋우기 위하여 이야기를 나눠보고자 노력을 한다. 회색빛의 지루한 오후. 아이들은 매주 행해지는 이 의례적이고도 힘든 방문에 반발하지 않았다. 나는 아이들이 할머니를 아주 좋아한다고 생각한다. 그건 나도 마찬가지다.

양말 문제로 돌아가자. 이 아이는 내 잃어버린 물건 목록에 등록되어 있는 다른 물건들을 버젓이 제 몸에 걸친 채 떳떳하게 서 있다.

"내 스웨터는?"

"이 스웨터 참 좋아."

아이는 노래하듯, 좋다는 말을 기분 좋게 발음한다.

"고맙다!" 이 스웨터가 마음에 든다니 좋은 일이다. "그래, 내 재킷은?"

"너무 급했거든, 문에서 제일 가까운 데에 놓여 있는 걸 그냥 걸치고 나갔지, 뭐."

어, 이거야말로 못 듣던 얘기다. 너무 급했거든이라니. 심사숙고에 숙고를 거듭한 끝에 행해진 행동이었을 텐데, 이 말만은 믿을 수 없다. 벌써부터 딸아이는 내 재킷에 눈독을 들이고 있었다. "그럼, 내 미키 티셔츠는 어떻게 된 거니?"

생각을 하는 모습. "아, 그거, 빨았더니 물이 빠졌어. 일부러 그런 건 아냐." 이건 얘가 단골로 두고 쓰는 표현 중의 하나다. 동생하고 싸울 때, 자기(혹은 내) 옷에 얼룩이 졌을 때, 종이 모으는 바구니에다가 과일 껍질을 버리거나 일반 쓰레기 모으는 통에다가 종이를 버렸을 때, 내 발가락을 밟았을 때, 욕조에서 머리를 감고 장시간 머리 손질을 해서 하수구가 막혔을 때, 더러운 팬티를 옷장 속에 처박아두었을 때 등등 예기치 못한 다양한 상황에서.

이제 보니 내 귀걸이도 달고 있다. 새로운 증거품.

"내 귀걸이는 어떻게 된 거지?"

"엄마가 해도 된다고 그랬잖아." 맞다. 일 년 전 일이다.

이런 식의 앙심 품은 대화를 나는 좋아하지 않는다. 이 얘기들에는 뭔가 근본적으로 좀 잘못된 게 있다. 어째서 이 아이는 내가 좋아하는 물건들만 좋아하는 걸까? 난, 우리 엄마 옷을 입고 싶다는 생각조차 나지 않았는데. 내가 좋아하는 음악을 듣고 있으면 우리 부모는 화가 나 죽겠다는 걸 공공연히 과시하면서 방문을 쾅 닫아버리곤 했다. 그러나 내 딸은 내가 좋아하던 음악을 듣는다. 따라서 음반을 살 필요조차도 없다. 내가 다 보관해두었기 때문이다.

사이먼 앤드 가펑클이 여기서 콘서트를 열었을 때 제일 가고 싶어 하는 사람이 저 아인지 나인지 모를 지경이었다. 딸아이가 새로이 발견하는 노래들은 내가 다 외우고 있는 것들이었다. 내 추억을 가져가버리는 것 같아서 딸이 좀 원망스러울 때도 있다. 자식이 부모와 같은 세대가 될 수는 없는 것 아닌가!

이런 식의 잦은 싸움에도 불구하고 우리 사이에는 세대갈등은 없다. 오히려 언니 동생 간에 있을 법한 경쟁이 있을 뿐이다. 딸아이는 내 친구들을 가로챈다. 이해는 간다. 남학생이건 여학생이건 제 나이의 어떤 아이가 단만큼 웃기고, 피에르만큼 아는 게 많고, 필리프만큼 사람을 북돋울 수 있으며, 마리이본만큼 정열적이거나, 드니즈만큼 똑똑하고, 에스테르만큼 재능 있으며, 알랭만큼 유순하고, 니콜만큼 모범적이며, 장만큼 정력적이고, 다니엘만큼 사랑스러울 수 있을까? 이 친구들이 저녁 먹으러 오라고 하면서 자기를 초대하지 않으면 딸아이는 죽고 싶게 마음의 상처를 입을 것이다. 나는 부모의 친구들과 가깝게 지내고 싶지 않았는데! 귀찮아 죽겠다.

나라면 부모랑 같이는 영화 보러 가고 싶지 않을 것이다. 딸애는 다르다. 하긴, 우리가 버릇을 들였다. 토요일 저녁에는 가족끼리 외출을 한다. 왜 이 아이는 친구들이랑 나가고 싶어 하지 않고 우리를 따라다니는지 모르겠다.

열두 편의 영화가 상영되는 가리발디 광장의 영화관은 대단한 만남의 장소다. 줄서 있는 데를 지나가다 보면 두 뺨, 세 뺨 건너 한 번씩 입맞춤(무척 기분 좋다). 다양한 인사를 받게 된다. 다급한 질문을 건네올 때도 있다. "무슨 영화 볼 거야?" 거의 다 본 영화다. 우디 앨런의 최신작들, 카를로스 사우라, 프랜시스 코폴라, 트뤼포. 우리에게는 한 가지 생각, 아니 두 가지 생각밖에 없다. 나는 프랜시스 코폴라의 미국 영화가 보고 싶다. 딸아이도 마찬가지다 (영어 선생님의 영향). 내 의중의 남자는 우리가 잘 모르는 프랑스 영화를 고른다.

마음을 결정하지 못한 채, 불안감이 증폭되는 가운데 매표소로 다가간다. 친구들은 미국 영화를 선택한다. 남편은 나더러 그 사람들하고 같이 가서 보라고 부추긴다. "꼭 같이 봐야 되는 건 아니잖아." 그가 100프랑짜리 지폐를 내민다. "각자 가고 싶은 데로 갈 것"이라는 그럴듯한 슬로건과 함께.

나는 결코 귀찮게 남편한테 붙어다니는 여자가 아니다. 그렇기는 하지만 내게는 절대불변의 몇 가지 진부한 생각이 있다. 어두컴컴한 영화관에 나란히 앉아서 동일한 영상을 바라보며 동시에, 함께, 동일한 감동을 느끼는 단란한 가족. "The family who prays together, stays together."라는 영어 속담에도 있듯이. 그러니까, "제비를 뽑아서라도 같은 영화를 보러 가는 가정, 그 가족의 구성원은 여러 개의 영화관으로 찢어지지 않을 것이며, 이혼하지 않고 함께 살 것이다." 자유시간부, 문화부, 여성부, 보건사회부, 경제부는 영화가 가정생활에 미치는 이러한 콤플렉스의 결과에 대한 앙케트 조사를 실시해봐야 할 것이다.

딸아이의 눈길은 제발 그 100프랑짜리 지폐를 받아들고 우리끼리 보고 싶은 영화를 보러 가자고 애원하고 있다. 남편은 벌써 매표소에 닿아 있다. 가장으로서의 책임감, 구속을 선택한 자신의 일생에 거의 신경질적이 된 그가 묻는다. "어떻게 해?"

난들 아나? 땀이 난다. 머리가 어질어질하고 소름이 돋는다. 딜레마가 물리적으로 내 살(살집 좋은) 속으로 파고든다.

"어서." 그가 재촉한다.

딸아이에게 대답을 넘긴다. "어떻게 해야 되겠니?" 딸아이도 우리 이혼의 책임을 지고 싶지는 않을 것이다. 게다가 이 아이는 엄마와 아빠 사이에서 벌써 생각이 분열될 대로 분열되었다. 애들 아버지는 안목이 있다. 학교 다닐 때 영화클럽 회장을 했었던 만큼 실패율이 아주 낮다. 딸아이는 어깨를 으쓱해 보인다.

"좋아, 그럼, 7번 영화 네 장으로 해." 휴우! 최악의 사태는 면했다. 후련하면서도 아찔하다.

7번 영화가 상영되는 방으로 가기 위해서 꼬불꼬불한 복도를 따라간다. 안내원은 정신없이 바쁘다. 우리끼리도 자리를 잘 찾아갈 수 있는데도 조금만 기다리란다.

　이렇게 쓸데없이 시간을 낭비하고, 줄을 서고 하는 통에 우리가 컴컴한 어둠 속으로 들어섰을 때는 벌써 오 분 전부터 영화가 시작되었다. 관객이라고는 우리뿐이다. 나쁜 징조, 딸아이 표정은 안 보이지만 원망의 진폭이 내게까지 전해져온다.

　화면에는 끝나지 않을 것 같은 밤처럼 영화가 진행되고 있다. 작은딸이 내게 속닥여온다. "왜 이렇게 어둡대!" 7번 방이 6번과 8번 사이에 끼여 있기에 망정이지. 6번 방에서 간간이 들려오는 웃음소리와 8번 방에서 들려오는 음악소리 덕분에 잠들지 않을 수 있었다.

　단란한 우리 가족이 좌석 한 줄을 다 차지했다(통로 쪽으로 난 접는 의자는 빼고). 조립식 교실 하나만 한 이 영화관은 우리 거실보다도 작은 것 같다. 답답하다.

　나는, 별 볼 일 없건 말건, 영화 한 편 제작하는 데에 드는 비용을 상상해보며 그 엄청난 재정적인 어려움을 뚫고 어떻게 오늘날의 상영에 이르렀는가 이해하느라고 끙끙거리고 있다. 이 영화가 아주 형편없다고 말할 수는 없지만 좋지는 않다고 확실하게 말해도 될 것 같다.

　게다가, 도대체 끝날 것 같지 않은 영화다. 서서히 허리에 기운이 빠지기 시작한다. 선택을 제대로 한 3번 방에 들어가 있는 친구들 생각이 난다.

　드디어 해방, 우리는 무덤에서 나오듯이 뻣뻣하게 굳었고, 1인당 24프랑이 아까워서 죽을 것 같은 기분이다. 남편이 울화통이 치미는 걸 참으며 내 쪽을 돌아본다. "왜, 당신 친구들하고 같이 가지 그랬어?"

나는 질문을 교묘히 피해간다. 토요일 저녁이잖아. 일주일 내내 파김치가 되어 있었다가 기분 전환하러 나온 거잖아. 어떻게든 호의롭지 않은 눈길에서 벗어나야 한다.

"그렇게 나쁘지는 않았잖아."

"그래, 그런대로 괜찮았어." (어휴! 내 말에 동의한다.)

딸아이는 말이 없다. 괜히 입 벙긋했다가 본전도 못 찾고 공격만 당하지 않겠다는 듯이. 내색 안 하고 있지만 단단히 토라졌다. 파르라니 질린 얼굴이다.

무거운 침묵 속에서 점잖게 영화관 문을 나서는데, 중학교 때 교장 선생님이 딸애를 발견하고 말을 걸어온다. "어이구, 우리 수제자께서 어쩐 일이시지?"

망했다, 거의. 딸아이의 얼굴에는 고통스러운, 조소 어린 억지웃음이 떠오른다. 아이는 입을 열 수가 없다.

"어느 고등학교 다니지?"

나는 싫어한다, 꼴불견이라고 생각한다, 경멸한다, 애들 대신 나서서 대답하는 엄마들을. 저 선생은 내 딸아이에게 질문을 하고 있다. 딸애는 열여섯 살이다. 자기 학교 이름도 알고 말도 할 줄 안다.

"마세나 고등학교 다녀요!" 이 옛날 명문 학교의 이름을 발음하면서 나는 시대착오적인 자부심을 느낀다.

"마음에 드니?" 교장 선생은 딸아이를 쳐다보며 다시 묻는다.

"아뇨, 썩 신통치 않아요." 엄마가 매니저 노릇을 한다.

"아, 무슨 얘긴지 알겠어요. 내 아들들은 그 학교에 안 보냈어요. 그게 옛날 같지가 않더라구요."

"그게 아니구요."

"정말 아니지!" 노련한 지식인들의 대화였다. 각자 그것이 뭐를 말하는 건지 정확하게 따져들 인내심이 내게는 없다. 서로 다른 얘기를 하면서 애매하게 넘어간다.

여자아이 둘이 내 새끼한테 다가와서 말을 건다. "안녕! 넌 뭐 볼 거니?"

공포. 딸아이는 입이 얼어 있었지만 잠시 그 사실을 까먹기로 한 모양이다. "아냐, 우린 벌써 보고 나오는 길이야, 너희는?"

"코폴라 영화."

나는 인심을 쓴다 "쟤들이랑 같이 가서 보고 싶으면 보고 와라."

"그럼 집엔 어떻게 들어가지?"

내 친구들이 3번 영화관에서 나오면서 커다랗게 손짓을 한다. 세르주 뺨에 입맞춤을 해주려고 몸을 구부리는데, 앞이 약간 터져 있던 내 치마가 무릎에서 허벅지까지, 그러다가 거의 배 있는 데까지 터지려고 한다. 나는 치마 뜯어진 게 안 보이게 하려고 최선을 다한다.

치마는 허벅지까지 주욱 뜯어지고, 딸애 하나는 터질락 말락 경계경보 상태고, 하필 이런 순간에 나는 이 도시에 십 년 이상 살면서 사귄 아는 사람이란 아는 사람은 다 만난다.

"영화 괜찮았어?" 인사치레로 물어본다. 대답이 두렵다.

"기가 막히더라!" 세르주가 감탄을 아끼지 않는다.

터지기 일보직전의 딸아이가 한숨을 몰아쉰다. 아이가 눈에 안 띄게 울기 시작한다. 마치 방금 암 선고를 받았으나 아무에게도 알리고 싶지 않다는 듯이.

딸애 귀에다가 대고 살짝 물어본다. "왜 그래?"

"오늘 저녁은 완전히 망했어!" 아이는 한 치의 의심도 없이 투덜거린다.

이런 주책. 웬 난리람. 하늘이 무너졌니, 땅이 꺼졌니. 하루 저녁 망쳤다고, 죽니. 반쯤 죽여놓고 싶은 생각이 슬금슬금 일어난다. 남편은 '왜 또 저래!' 하는 뜻으로 내게 동정의 눈길을 보내온다.

눈물을 본 세르주가 묻는다. "영화가 슬펐나 보지?" 얼버무리고자, 무마하고자 그리고 무엇보다도 얘기를 짧게 끝내기 위하여, 나는 "응!" 하고 대답해버린다.

대학 동창 미레유가 지나가면서 "안녕, 어떻게 지내니?" 하고 인사를 한다. 눈물을 줄줄 흘리고 있는 딸아이를 감탄한 듯 쳐다보더니, "그래, 한창 예민한 때지!" 한다.

레나가 묻는다. "네 딸, 왜 저래?"

나의 대답. "좋은 질문이구나!" 나는 레나에게 영화가 마음에 들었는지 묻는다. 나는 그녀의 판단을 신뢰하는 편이다. "뭐, 그랬어." 딸아이가 보는 앞에서 그녀가 대답한다.

"거봐." 기분이 완전히 망쳐진 내 아이를 향해서 말을 꺼낸다. "레나가 그냥 그랬다잖아."

니콜이 한마디 거든다. "쟤, 무슨 일 있니?" 깊이 있고 현명한 어머니의 대답. 어깨를 으쓱해 보인다.

다니엘이 끼어든다. "쟤, 왜 울어?" 그래 잘났다!

열네 살짜리 카린은 나를 비난한다. "아줌마가 쟤한테 뭘 어떻게 했는데요?"

"나 때문에 재미없는 영화를 봤거든."

그랬더니 아예 본격적으로 울어댄다. 누가 보거나 말거나. 친구들의 관심 어린 질문이 한차례 지나가고 나자, 이제는 줄서 있는 안면 있는 사람들까지 묻고 나선다. "너네 딸 어디가 안 좋으니?" 퍽도 교육적이다. 같은 질문이라도 꼭 그렇게 해야 할까.

너무 속상하고 귀찮아서 나는 고무줄이 너덜너덜하고 여기저기 구멍이 난, 팬티가 다 보일 정도로 찢어지고 있는 치마는 깜빡 잊고 있다. 논란의 여지가 있는 우아한 복장이다. 이만하면 딸아이가 이 치마는 빌려 입을 생각을 안 하는 데에 대해서는 의문을 제기하지 않을 만하다. 눈치 빠른 작은딸이 뜯어진 쪽이 옆으로 가게 치마를 돌려 입으라고 일러준다. 그러더니 내 옆에 바짝 달라붙어서 가려준다.

언제나 나를 구해줄 태세를 갖추고 있는 단이 진심 어린 말투로 "어디 가서 뭐나 좀 먹을까?" 한다. 영화관 앞에 몰려 있는 사람들을 피해서 좀 한적한 곳으로 자리를 옮긴다. 니콜은 도시 생활의 지겨움에 대해서 우리 딸과 이야기를 주고받으며 아이 기분을 돌려놓으려고 무척 애를 쓴다. 나는 단이랑 같이 무얼 먹을까 열심히 궁리를 하면서 다 잊어버리려고 노력한다.

각자 자기 집으로 흩어지기 전에 어디 가서, 서서 간단히 요기를 하기로 결정이 난다. '막스네 집'으로 가기로 한다.

"당신 뭐 먹을 테야?" 주문을 하기 전에 남편이 내게 묻는다.

"난, 진짜 배가 안 고픈데." 이건 정말로 예외적인 현상이므로 칭찬받아야 할 것 같다. 내가 생각을 바꾸기 전에 얼른 주문해버리지.

레나는 다이어트 중이다.

다니엘도 마찬가지지만 그래도 생크림을 넣은 코코아를 주문한다.

금욕주의자 우리 딸은 아무것도 안 먹겠단다. 잘된 일이지. 나중에 두 배로 먹겠지만.

단이 내 친한 친구의 어머니가 돌아가셨다는 소식을 전해준다. 이 소식은 즉각 나의 눈물샘을 자극한다. 울음이 나온다. 이제, 우는 사람이 둘이다.

황망하게 저녁 시간을 보내고 우리는 누가 더랄 것도 없이 맥빠진 기분으로 집에 돌아온다. 내 방에 옷을 갈아입으러 올라간다. 그 전에 우선 딸아이 방에 들른다. 딸아이도 옷을 갈아입고 있는 중이다. 나는 잡아먹을 듯이 아이를 노려본다. 아이는 나를 본 척도 안 한다. 아이는 내 노란 양말을, 치마를, 내 검은 스웨터를, 자기 셔츠를 벗는다. 이어서 아이가 미처 자기 실수를 깨닫기도 전에 내가 깜짝 놀라서 소리를 지른다. "내 브래지어잖아. 벌써 두 달째 찾고 있는데. 내가 제일 좋아하는 브래지어인데."

내 신발은 못 신고 나가는 거나마 다행으로 알아야겠다. 그건 정말 못 참을 것 같다. 내 발 치수는 260이다!

## 그까짓 젖싸개 하나 갖고
## 웬 난리람

또 뭐야! 현장을 잡았다는 투다. 브래지어가 어쨌다는 거야? 아, 참, 엄마 거다. 세상에, 브래지어 하나 딸한테 빌려주지 않는 엄마 있으면 나와보라 그러지. 엄마는 나를 여섯 달 동안이나 젖을 먹여 키웠다. 그럼에도 불구하고 이 낡아빠진 브래지어 하나 나한테 주지 못하겠다는 태도다.

 

고등학교에 들어온 이후 난생처음으로 물리수업을 이해한다! 이해한다……. 사전에 있는 단어 중에 제일 어려운 단어다. 선생님은 운동의 원리부터 다시 설명해주셨다. 기분이 좋다! 오늘 아침 등교하니까 애들이 나더러 옷 입은 게 되게 멋있다고 그랬다. 어디서 그렇게 독특한 재킷, 그렇게 재미있는 양말, 나한테 너무나 잘 어울리는(!) 스웨터를 구해 입었느냐고 물었다.

오늘 저녁엔 다 같이 21시 영화를 보러 가기로 되어 있다. 그런데 카린이 자기 집에 와서 같이 자자고 한다. 엄마, 아빠한테 여쭤

보지 못해서 확답을 할 수가 없다. 수업은 금방 끝날 것이고, 애들한테 기분 좋게 작별인사를 한 다음 카린에게 전화해주겠다고 말하고 집으로 돌아간다. 하루 종일 지루하게 이어지는 마라톤 같은 수업 대신에 분명하게 이해가 되는 딱 한 과목만 끝내고 난 토요일 아침은 얼마나 상쾌한가.

엄마가 기다리고 있다. 오늘 아침 나 나갈 때는 잠도 안 깨어 있더니. 나는 혼자 바빠서 동동거리고, 엄마는 거의 매일 아침 자고 있다. 그러니까 자기 양말이랑 뭐랑 빌려 입고 간다고 통고하고 말고 할 수가 없었다. 하긴 뭐, 엄마는 예의 그 떨어지지도 않는 문제의 치마바지(맙소사, 취미도 고상하시지!)를 입을 테니까 내가 이것들 좀 빌려간다고 하등의 문제 될 일이 없을 것이다. 그뿐만 아니라, 난 입고 나갈 옷이 없다. 이 점에 대해서는 엄마가 나한테 미안해해야 한다. 나랑 옷 사러 나가본 지가 몇십 년은 되었을 것이다. 내 양말은 다 구멍이 나고, 청바지는 너널너덜해졌고, 스웨터는 다 작고, 재킷은 동생이 뺏어가버렸다.

하지만 나는 오늘 기분이 날아갈 것 같으므로 누가 뭐래도 신경이 안 쓰인다. 심지어 사랑하는 우리 어머니께서 내가 자기 물건 몇 가지 슬쩍했다고 저렇게 전투적으로 나오신다고 해도 내 기분은 변하지 않는다. 정말이지, 고결한 사랑, 헌신적인 모성애라고들 하지 않는가. 그런데 큰딸이 자기 노란 양말을 좀 신었기로서니 이럴 수가! 수치다, 수치.

주제 전환. 엄마가 나더러 오늘 저녁에 무슨 영화 보고 싶으냐고 묻는다. 그래, 우리 식구는 토요일마다 가족끼리 영화를 보러 나간다. 이건 이미 굳어진 규칙이다. "일주일 내내 시달린 아이들 기분 전환을 시켜준다."는 게 명목이다. 그러나 사실은 우리 집에 텔레비전이 없기 때문에 텔레비전을 대신할 무엇을 위해서 생긴 관습이다.

나는 오로지, 웬만한 영화관 화면만 한 커다란 텔레비전을 거실에 딱 갖다놓고 리모컨을 만지작거릴 수 있는 날만을 꿈꾼다. 나는 거의 갓난 아이 시절부터 오로지 텔레비전에만 관심을 보였지만 정작 살 계획을 세울 때마다 엄마가 반기를 들고 나섰다. 잔인하고도 비상식적인 이유로, 우리 엄마는 텔레비전 사는 걸 반대한다. 그래서 우리 가족은 영화관에도 가고, 음악회에도 가고, 연극도 보러 간다. 텔레비전이 없으니 그 대신 뭐라도 보러 갈 수밖에.

우리 집에는 몇 가지 가족 행사가 있다. 토요일 저녁에는 영화 보러 나가기, 일주일에 한 번씩 할머니 집에 가기, 식사 후엔 돌아가면서 식탁 치우기. 그러니까, 느닷없이 "오늘 저녁엔 친구들이랑 외출하기로 했어." 하고 공표를 하기가 몹시 곤란한 거다. 게다가 우리의 어머니께서는 내가 토요일의 가족 나들이를 일주일 내내 손꼽아 기다린다고 생각하고 있는데야.

식구들이랑 같이 나가서 영화 보는 게 싫지는 않다. 내가 좋아하는 엄마, 아빠 친구들을 많이 만나는 것도 좋다. 우리 부모님 친구들은 박물관 큐레이터나 음악가도 있고, 교수(웩!-), 화가, 편집자도 있고, 교육자(웩!-), 정치가(웩!-), 건축가, 작가, 도예가 등등 실로 다양하다. 그리고 다들 내 마음에 든다.

 그렇지만 오늘 저녁에는 딱 한 번만, 정말로 카린과 같이 가고 싶다. 아니면…… 아, 깜빡했네, 피에르와 카트린이 자기네 집에서 저녁 같이 먹자고 그랬는데. 피에르는 연극무대에 나갈 때 입을 무대의상을 생각해보자고 그랬고, 카트린은 국어 작문숙제를 도와준다고 그랬는데, 엄마한테 말하면 보나 마나 그런 건 내일 해도 되지 않느냐고 하실 게 뻔하다. 에이, 눈 딱 감고 착한 딸 노릇 한 번 더 하지, 뭐.

 방에 들어가서 문 닫고 애들한테 전화를 걸어 약속을 내일로 연기한다. 애들이 다 착해서 괜찮다고 그런다. 그리고 피에르는 〈아웃사이더〉를 보러 가라고 충고까지 해준다. "그 영화, 네가 좋아할 거야." 피에르는 안목이 있는 애니까 그 말을 무조건 믿기로 한다. 그리고 그 영화야말로 내가 꼭 보고 싶던 영화다. 친구들, 내가 좋아하는 영어 선생님, 그리고 피에르까지 다들 권하는 영화다.

 그다음에는 카린에게 전화를 건다. 카린은 내가 빠지는 것을 못마땅해한다.

 "그래, 또 부모님 말씀 들어야 된다는 거지, 너도 이제 독립 좀 할 수 없니?"

 이런 말을 들어가면서 영웅적인 희생을 감수하고, 나는 이제 수많은 영화가 상영되는 커다란 극장 앞에 와 있지만 뭘 봐야 할지 모르겠다. 원래 보기로 한 걸 봐야겠다. 내 친구들이 같은 영화를 볼 거라는 사실만으로도 위안이 된다.

그런데 갑자기 뭐가 어떻게 잘못돼서 우리 네 식구가 쫓겨 들어온 사람처럼 내 동생 방만 한 영화관(글쎄, 텔레비전을 사는 게 낫다니까)에 앉아서 이 거지 같은 프랑스 영화를 보고 있는 건지 모르겠다. 화가 치민다. 눈앞에 펼쳐지고 있는 영상들을 객관적으로 분석해보려고 노력해보지만 안 된다. 못 참겠다. 너무 말이 안 된다.

휴우! 바깥. 속이 부글부글 끓는다. 엄마, 아빠가 너무나 원망스럽다. 공부할 건 너무나 많고 자유시간은 이렇게 조금밖에 없는데. 오늘 저녁시간을 망쳐버렸다는 것 때문에 속이 상해서 죽을 것 같다. 다르게 보낼 가능성도 있었다는 생각을 하니까 더 속이 상한다. 차라리 거지 같은 작문숙제("다음과 같은 나치주의자 괴벨스의 말을 해석하고 논박해보시오. : 문화라는 말을 들으면 나는 권총을 꺼낸다.")라도 하는 게 훨씬 더 똑똑한 짓이었을 것 같다.

눈물이 쏟아지기 일보직전이다. 기절할 지경이다. 하필, 오늘 이 시간, 니스 사람들이 온통 여기서 만날 약속이라도 한 것 같다. 맨 먼저, 옛날 스승(교장 선생님). 친절하기 이를 데 없는 분. 그러나 고등학교가 애를 벙어리로 만들어놓았나 하실 것이다. 입을 벙긋할 수가 없다. 그다음엔 안과 잔.〈아웃사이더〉를 보러 왔다. 이 아이들과 합세할 수도 있을 것이다. 근데 집엔 어떻게 들어간다지? 그리고 또 폭포수같이 솟구치고 있는 이 눈물이 언제 폭발할지 모르는데. 눈물아 제발 좀 없어져라. 내 소원은 오로지 그것뿐이다.

이 사람 저 사람 나오기 시작한다. 다들 영화가 참 좋았다고 그런다. 자, 이제 정말 시작이다. 조용한 호수에서 물이 흐르기 시작한다. 한 방울, 한 방울, 쓰디쓴 눈물이. 스스로 눈물을 주체하지 못하는 것이 너무나 수치스럽고 화가 나서 나는 울음이 더 심해진다. 울음과 웃음을 생각대로 조절할 수 있었던 연극 출연 경력도 다 소용없다. 일단 터져버린 눈물은 도저히 어떻게 수습이 되지 않는다. 너무나 난처하고 곤란하고 창피하다. 이럴 때가 있다. 한번은 수학수업 도중에 웃음이 터져나온 적도 있다. 학급 전체가 다 나만 쳐다보고 있는데도 미칠 것 같은 웃음을 멈출 수가 없는 것이다! 지금이 꼭 그런 식이다. 수천 개의 눈동자가 나를 훑고 지나간다. 호기심, 동정이 어린 눈길, 혹은 재미있어하거나 흉보는 것 같은 눈길. 맙소사, 내가 원하는 것은 오로지 집에 들어가서 되는대로 몸을 맡기고 드러눕는 것뿐이다. 어떻게든 도와줘보려고 이것저것 말을 시키는 엄마, 아빠 친구들로부터 벗어날 수만 있다면 어디라도 가고 싶다.

머리도 먹으러 가자는 게 누구야? 난 싫은데. 배도 안 고프다. 글쎄, 뭐 이렇게 걷잡을 수 없이 눈물이 쏟아지지만 않았더라면 나도 지금쯤 배가 고플 것이다. 다들 주문을 하고 있는 중이다. 얼른 태도를 바꾸어, 샌드위치나 파이 한 조각, 아이스크림 혹은 감자튀김을 주문할 수도 있을 것이다. 그러나 감히 말이 안 나온다.

엄마는 내가 살이 빠지길 원하므로 만족하고 있을 것이다. 다이어트 중이라 엄마는 아무것도 주문을 하지 않는다. 물론, "맛만 보는데야 뭐 살찌려구!" 하면서 이 사람 저 사람 음식을 다 한 입씩 먹어볼 테지만. 저렇게 애를 쓰는데도, 몸무게를 달아볼 때마다 저

울은 엄마의 노력을 아는지 모르는지 태연하게, 가차없이 언제나 똑같은 질량(굳이 질량이라는 용어를 사용하는 것은, 물리 선생님이 뉴턴(힘의 단위 - 옮긴이)과 킬로그램의 차이를 하도 강조하시기 때문에 그 성의에 보답하고자 하는 뜻에서다)의 숫자를 가리킨다.

어른들이 수다를 떨고 있는 동안 세르주와 카린이 나한테로 와서 비위를 맞춰보려고 노력한다. "감자튀김 먹을래?" 귀여운 애들, 착하기도 하지! 동생은 나를 째려보고 있다. 내가 연극을 하고 있다고 생각하는 게 틀림없다. 동생은 엄마 곁에 딱 달라붙어 있다. 엄마 치마가 부욱 뜯어졌기 때문이다. 그놈의 치마바지 놔두고 다른 걸 입으면 꼭 저런 사건이 터진다.

수난의 저녁 나들이가 끝나고 드디어 집으로 돌아왔다. 옷을 갈아입고 있는 동안 엄마는 내내 나만 쳐다보고 있다. 나하고 얘기를 하고 싶다는 뜻이다. 이런 시간에 나는 엄마랑 마주 앉아 이야기할 기분이 아니다. 게다가 엄마는 나를 전혀 이해할 마음이 없다. 엄마는 내가 카린이랑 가지 않은 것을, 아니면 피에르와 카트린 집에 가지 않은 것을, 아니면 혼자 텔레비전이라도 보고 있을 수 없었던 것을 얼마나 속상해하는지 눈곱만큼도 알지 못한다…….

또 뭐야! 현장을 잡았다는 투다. 브래지어가 어쨌다는 거야? 아, 참, 엄마 거다. 세상에, 브래지어 하나 딸한테 빌려주지 않는 엄마 있으면 나와보라 그러지. 엄마는 나를 여섯 달 동안이나 젖을 먹여 키웠다. 그럼에도 불구하고 이 낡아빠진 브래지어 하나 나한테 주지 못하겠다는 태도다.

미안해, 내가 해도 되는 줄 알았어. 그 브래지어가 내 방에 있었거나 아니면 빨래 걷은 것 정리하는 데서 나왔을 거야. 내 브래지어는 다 작단 말이야. 엄마는 내 소중한 브래지어를 가슴에 품고 내 방을 떠난다. 맙소사, 그까짓 젖싸개 하나 갖고 웬 난리람.

드디어 드러누울 수 있게 되었다. 함께 모여서 시끌벅적하게 놀고 있을 다른 친구들을 생각하면서.

배가 고프다!

이게 다 우리 집에 텔레비전이 없기 때문이다!

# 내가 괴물단지를
# 키우고 있는 걸까?

딸아이의 말투는 아침에 일어나서부터 계속 바뀌지 않고 있다.
신랄함, 귀찮음, 비아냥거림, 표독스러움, 쌀쌀맞음 등등이 절묘하게 어우러진 말투.
이해가 안 간다. 날씨가 이렇게 좋은데. 우리를 둘러싸고 있는 것들이 이처럼 아름다운데.
이 아름다움을 어떻게 거부할 수 있단 말인가?

산에 놀러 가자고 해보았다. 점심 제공, 교통비 무료! 딸아이는 공부할 게 너무 많다고, 말도 안 되게 많아서 다 할 수가 없을 것 같다고 그랬다. 슬슬 꼬여보았다. 남프랑스가 얼마나 아름답니, 기분 전환을 할 필요가 있어, 일주일에 하루는 쉬어야지, 바람도 좀 쐬고, 걷기도 하고, 혈액순환이 잘되어야지 어쩌고 하면서.

이런 식의 부추김이라면 입에서 술술 저절로 나온다. 남편이 십오 년(칠백팔십 번의 일요일)에 걸쳐서 내게 반복해댄 말들이다. 어느 순간부터인가 남편은 나로 하여금 자연을 좋아하게 만들겠다면서 배낭을 하나 사들고 들어왔다. 그 배낭은 언제나 아주 잘 보이는 곳에 걸려 있었고 우리 집에 오는 사람들마다 철제 물통과 양쪽에 주머니가 달린 그 배낭을 바라보며 감탄했다.

해도 해도 안 되자 거의 포기한 남편은, 육백십구 번째 일요일쯤에 들릴락 말락 하는 소리로 "나가서 산책 좀 하고 올까?" 하고 내게 물었다.

다행히 구름이 낄 기미라도 보이면(드물다) 나는 이렇게 대답한다. "날씨가 안 좋을 것 같은데." 그러나 대개는 공부를 해야 한다거나 집안을 좀 돌봐야 한다는 등 수없이 핑계를 갖다대야 했다. 토요일 저녁이면 나는 비를 내려주시라는 기도를 드리고 잠자리에 든다. 비바람이 몰아치면 아주 흡족하게 하루를 보낸다. 해가 쨍쨍 내리쬐는 바깥을 놔두고 집구석에 틀어박혀 있노라면 좀이 쑤시기 때문이다.

그러나 어느 날, 남편이 너무나도 서글픈 눈으로 문제의 배낭을 쳐다보면서 비장하게 "당신 이 배낭 산책 좀 시켜줄래?" 하고 물었을 때 내가 "응." 하고 대답한 것은 그의 절망감을 없애주기 위해서였는지, 갑자기 물건을 사다놓고 쓰지도 않는 건 돈만 버리는 일이라는 생각이 들었기 때문인지 모르겠다.

이후, 나는 갑자기 종교라도 얻은 사람처럼 산에 다니는 일에 열성을 보였다. 다른 사람들에게 산의 신비한 아름다움에 대해서 떠들고 다닐 만큼 깊이 빠졌다. 나는 좋은 공기를 마셔야 한다고 역설하게 되었고, 일요일의 산행은 신속하게 빼놓을 수 없는 행사로 자리를 잡았다. 산꼭대기를 정복하는 것은 내게 은밀한 기쁨이 되었고 일주일 내내 그 기분을 생각하면서 지냈다.

이러한 나들이가 내게 가져다준 행복감에 완전히 설득당한 나는 딸아이가 따라나서려 하지 않는다는 데에 생각이 미치면 몹시 속상했다. 아이의 주장은 끝까지 들어주었지만 지지 않고 꼭 한마디 덧붙였다. "내일 보자. 생각이 달라질지도 모르잖니."

"아니라니까. 난 못 가."

"날씨가 굉장히 좋을 거 같은데."

"엄마! 난 안 간다면 안 가!"

"자라. 푹 자고 일어나서 결정해도 돼."

이 아이 혼자 내버려두고 가면 마음이 안 좋을 것이다.

잠에서 깨어나자 확인되는 푸른 하늘, 눈부신 태양은 새로울 것도 없지만, 오늘은 특별히 맑은 날씨다. 떨쳐버릴 수 없는 가볍고 신선한 공기. 축제라도 벌어질 것 같은 이런 날씨엔 자연에 몸을 내맡기는 것 말고는 달리 아무것도 할 수 없을 것 같다.

일요일 아침식사는 저마다 셀프서비스다. 제일 먼저, 남편. 얼른 장을 보고 들어와 천천히 《르몽드》지를 읽는다. 다음은 나. 아이들을 키우면서부터 아침에 일찍 일어나는 게 습관이 되었다.

빈 병 분리수거에 열심인 남편이 모아둔 병들이 부딪치는 소리, 곧 남편이 나가는 소리가 들릴 때 나는 아래층으로 내려간다. 변함없이 남편은 뭐 사다줄 게 있느냐고 내게 묻는다. 묻는 말에 생각해보았다는 느낌을 주기 위하여, 계획성 있는 식단, 가정주부로서의 일과에 신경을 쓴다는 인상을 주기 위하여, 내 머릿속에는 내 공부 말고 다른 것도 들어 있다는 것을 믿게 하기 위하여 나는 "당근." 하고 대답한다.

우격다짐하는 투로 그는 "오늘은 생선요리를 먹지, 응?" 하고 말한다.

"그러든지." 착하디착한 순종적인 아내.

남편이 나간다. 편안하게, 조용하게 나는 맛있는 커피 한 잔을 오래오래 마신다. 그가 들고 들어올 찬거리들을 받아 정리하기 위해 아래층에 남아 있는다. 음악을 듣는다, 라디오에서 종교 프로그램을 듣는다. 신문을, 책을 읽는다. 테이블 위에, 땅바닥에, 소파에 어지러이 널려 있는 책, 책들.

남편은 얼른 돌아온다, 언제나. 그는 뭐든지 이렇게 효율적으로 빨리 해치운다.《르몽드》지 읽는 것만 빼고. 남편은 신문 읽는 일에만큼은 투자를 많이 한다. 손가락에《르몽드》의 잉크가 까맣게 묻어날 정도로 온 정성을 다해서 읽는다. 그는, 우리 엄마가 만들어준 장바구니를 내려놓고 무겁디무겁게 장봐온 물건들을 층계참 앞에 갖다놓는다. 숨이 턱에 닿아 있다. 내가 바통을 이어받는다. 당근은 당근 자리에, 가지는 가지 자리에 정리해놓는다. 호박을 안 사 왔다. 라타투이에다 집어넣을까 봐 일부러 그랬을 것이다. 배, 자두, 사과, 바나나를 과일 바구니에 예쁘게 담는다. 일요일 아침 장보는 일에서만큼은 대장인 나는, 충실한 부하 격인 물건들을 정리한다.

"얜 아직도 안 일어났어?" 남편이 놀란다. 아홉시 사십오분이다. 나는 '얘'가 두 딸 중 누구를 가리키는지 정확하고 알고 있다.

"아니, 아직."

"공부할 게 그렇게 많다면서." 남편이 화를 낸다.

"피곤한가 보지. 점심 싸갖고 산책 나갈까? 아니면 점심 먹고 가든지."

"애들이 어쩔지 좀 기다려보자구." 그는 예의 신문 뒤로 얼굴을 감춘다. 나는 올라가서 걷기 편한 옷으로 갈아입는다. 무릎까지 오는 낡은 진바지, 면티, 양갈래로 땋은 머리. 자, 이만하면 등산대회에 나가도 빠지지 않을 것이다.

아래층으로 내려가 남편이 읽고 있는 《르몽드》지 한 장을 빼낸다. 경계경보 일보직전의 억지평화의 시간이 시작된다. 우리는 하루가 시작되는 시간을 길들이는 법을 모른다. 둘 다 시간 안배에, 생활리듬에 신경을 쓴다.

"왜, 아직 안 일어나는 거야?" 남편이 투덜댄다. 식탁 위에서 시어져가고 있을 우유, 녹아가는 버터, 굳어가는 빵을 생각하고 있는지도 모른다.

"자게 놔두지, 뭐."

"우리한테 뭐라 그럴걸. 공부할 게 밀렸다잖아."

"내가 가서 깨워야 된다는 거야?" 악역은 언제나 내 몫이다.

"내가 알아?" 이게 제일 싫다. 그는 언제나 걱정거리를 만들어놓고는 뒤로 빠진다. 해결은 내가 맡아야 한다.

계단을 올라간다. 열시 삼십분이다. 문을 살짝 열고 쌔근거리고 있는 검은 물체를 감지한다. 실행할 용기가 없다.

다시 내려온다. 건성으로 《르몽드》를 읽는다. 깨우긴 깨워야 하는데 둘 다 엉거주춤하고 있다.

"어떻게 됐어?"

"자고 있어."

계단을 울리는 새끼 코끼리 발소리가 우리의 등산 계획을 실행에 옮길 수 있을 것이라는 한 가닥 희망을 불어넣어준다. 작은딸이 잠이 묻은 목소리로 아침인사를 한다.

"오늘 우리 같이 산책 나갈까?"

"응……, 응…….." 딸아이는 건성으로 대답을 한다.

이제, 반은 해결됐다. 열시 사십오분이다. 또다시 쿵쾅거리는 소리가 계단을 울린다. 딸아이가 기지개를 켜면서 나타난다. 얼굴은 부스스하고, 두 눈은 반쯤 감겨 있는 상태다. 우물우물하는 아침인사.

"기분 괜찮아?" 기지개.

"잠은 잘 잤니?" 기지개.

"오늘 뭐 할 거니?"

"공부해야 돼."

애기를 슬쩍 돌려본다. "바깥 좀 내다봤어? 날씨 되게 좋지?"

대답이 없다. 또다시 기지개, 소리까지 내면서. "우리랑 같이 나가자, 기분이 한결 좋아질 거야!"

"엄마는 참! 농담하자는 거야? 내일 물리시험이란 말이야."

"오늘 숨 좀 돌리고 나면 내일 시험 잘 보겠지."

"엄마, 난 못 가. 더 이상 할 말 없어!"

"너도 바람을 좀 쐬어야 돼." 이건 내가 한 말이다.

"그럼 물리시험은?"

"오늘 저녁 때, 물리 공부하는 거 내가 좀 봐줄게." 이건 내가 한 말이 아니다.

"할 일이 이렇게 많은데 어떻게 나가서 놀아!"

"몇 시간 긴장 좀 풀고 나면 훨씬 속도가 붙을 거다."

"엄마, 아빠는 도대체 왜 내가 공부할 게 많다는 걸 생각을 안 해 주는 거야?"

"우리 다 마찬가지야. 그렇지만 공부만 하고 사는 게 아냐. 가정도 중요해."

대꾸하기 지쳤는지, 피곤한지 아이는 마지못해 우리의 협박에 져준다.

"자, 얼른 가서 공부 조금 하고 점심 먹은 다음에 나가자."

딸아이의 마음을 돌려놓는 일에 성공했다는 기쁨에 우리는 부엌에서 부지런히 손을 놀린다. 나는 껍질콩을 삶고, 남편은 생선에 튀김옷을 입힌다.

나는, 그새 혹시 아이의 마음이 변하지는 않았는지 보러 올라간다. 딸아이는 욕실에 있다.

내려와서 샐러드 소스를 만든다. 올라가본다. 욕실에 있다.

내려와서 식탁을 차린다. 올라간다. 욕실에 있다.

내려와서 빵을 자른다. 올라간다. 거울 앞에 서 있다.

"괜찮니?" 대답이 없다. "두고 봐, 오늘 저녁엔 힘이 솟아 공부가 두 배로 잘될걸."

내려온다.《르몽드》독자가 묻는다. "공부해?"

"아니, 옷 갈아입어."

"방금 전부터?"

"아니, 아까부터."

"아니, 잠깐 산책 나가는데 무슨 옷을 그렇게 갈아입을 게 있다구 그래?"

난들 아나. 올라가보니 입었다 벗었다 하면서 던져놓은 옷이 한 무더기는 된다. 나는 아무 말도 하지 않는다.

양념한 도미 냄새가 코끝을 자극한다. 나는 오븐에서 생선을 꺼낸다. 애들 먹기 좋게 생선을 토막내고 뼈를 발라낸다. 애들은 뼈 바르기 싫어서 생선을 안 먹으려고 한다. 밥 먹으러 오라는 신호를 보낸다.

애들이 부엌에 들어서면서 매주 그러듯이 합창을 한다. "또 생선이야? 에이!" 생선 먹는 모양이 무슨 벌이라도 받는 아이들 같다. 정말 맛있는데. 나는 감탄사를 연발한다.

"됐어, 무슨 얘긴지 알았다구. 엄만 생선 좋아하는 거 알아. 좋겠수, 좋아하는 생선 먹게 돼서." 딸아이의 말. 내 태도가 이 아이의 신경을 거스르고 있다. 하지만 이렇게 맛있는 걸 아이들이 싫어

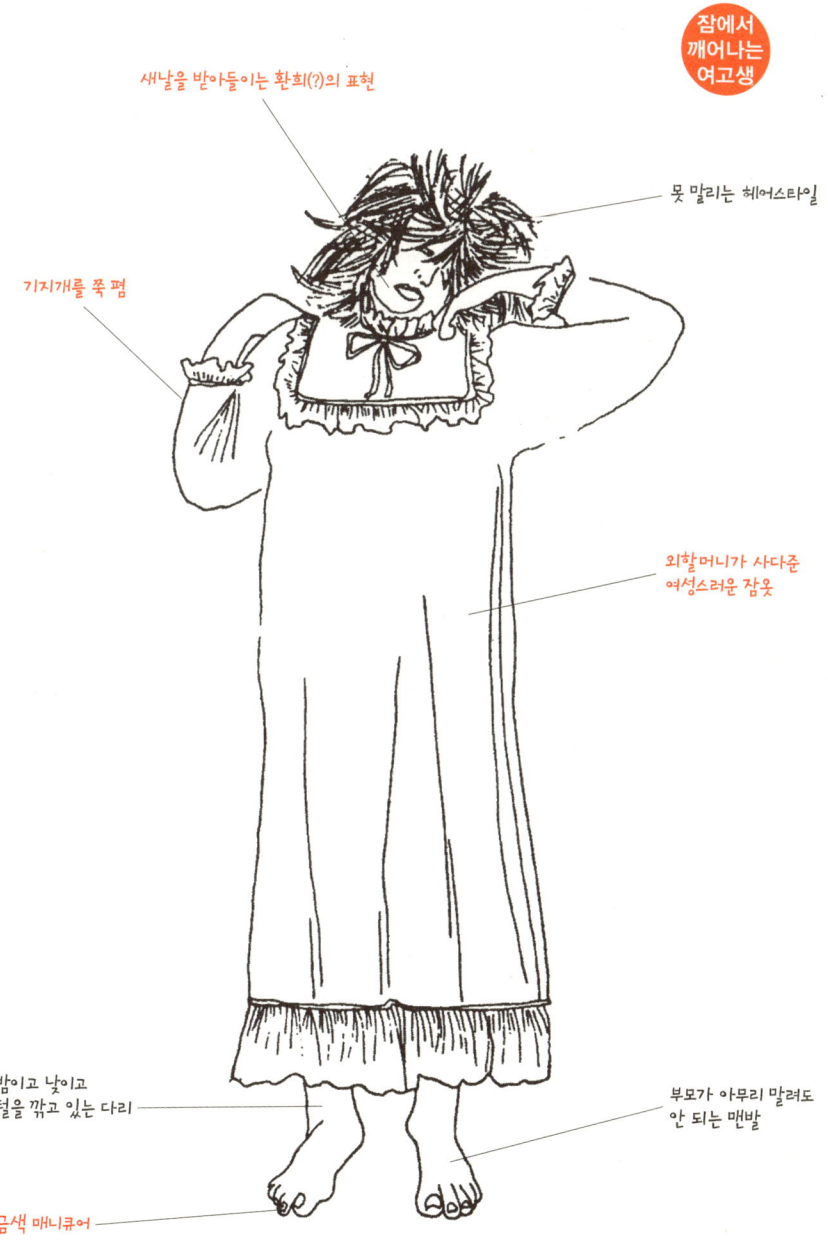

하다니 마음이 아프다. 게다가 가장이 음식을 만드는 건 일주일에 딱 한 번뿐인데. 자꾸 격려를 해야 한다.

긴장감이 감도는 식사시간. 애들이 생선을 안 좋아하니 나도 마음이 안 좋다. 애들은 애들대로 싫어하는 음식을 먹으려니 마음이 안 좋다. 기분 좋게 먹는 건 남편뿐이다. 자기는 생선 좋아하니까.

다 같이 부엌을 치우고 집을 나선다. 자동차 안에서도 분위기가 밝지 않다. 별것 아닌 걸로 딸아이 비위가 상하고 만다. 나는 바브라 스트라이샌드 카세트를 튼다. 딸아이는 바브라 스트라이샌드 팬이다. 이러면 분위기가 좀 나아지겠지. 딸은 잔다.

한적한 시골 마을에 도착. 주차를 한다. 딸은 기지개를 켠다. 경치가 너무나 좋다. 산에 오르면 사방으로 바다가 보인다. 날씨가 좋다, 정말 아름답다! 서정시인쯤은 되어야 묘사할 수 있을 것 같은 맑음, 아름다움이다. 나 같은 사람은 한 발짝 떼어놓을 때마다 "표현할 말이 없다!" 하고는 이렇게 덧붙일 따름이다. "애들아, 너무나 아름답지 않니?" 대답이 없다.

나는 행복에 겨워진다. 이 세상 한 귀퉁이가 만들어내는 경이롭기 짝이 없는 경치에 나는 그만 취해버린다. "말로 표현할 수가 없어, 상상 밖이야!" 경치가 현혹적인 건 사실이다.

나는 소리 높여 사유한다. "인생은 살 만한 거야! 좀 봐라! 자, 두 눈을 씻고, 가슴 가득 이 맑은 공기를 일주일 치는 마셔둬라. 장관이지? 이렇게 아름다운 자연을 또 어디서 볼 수 있겠니! 흠, 이게 무슨 냄새지? 탱(남프랑스에서 흔히 볼 수 있는 향기 나는 식용식물 - 옮긴이)

냄새 좋지?"

나는 행복감에 거의 신경증적으로 반응하고 있다. 그런 나의 모습이 딸아이의 신경을 돋운다.

"됐어, 무슨 얘긴지 알았다구!" 몇 시간 간격을 두고 내가 이 아이에게서 벌써 오늘 두 번째 듣는 말이다. 나는 입을 다문다.

올라가는 길은 좀 힘들다. 이 아이의 생각을 좀 바꿔놓기 위하여, 전략이 치밀한 편인 남편이 물리문제를 하나 낸다. 가파른 오르막길이다. 감탄사를 발하기에는 너무 숨이 찬다. 그럼에도 불구하고 나는 여전히 이 자연의 경이로움을 밀도 높게 체험하고 있다. 그러나 그에 값할 만한 침묵 속에서.

딸아이의 말투는 아침에 일어나서부터 계속 바뀌지 않고 있다. 신랄함, 귀찮음, 비아냥거림, 표독스러움, 쌀쌀맞음 등등이 절묘하게 어우러진 말투. 이해가 안 간다. 날씨가 이렇게 좋은데. 우리를 둘러싸고 있는 것들이 이처럼 아름다운데. 이 아름다움을 어떻게 거부할 수 있단 말인가? 어떻게 무감할 수 있단 말인가? 내가 괴물단지를 키우고 있는 걸까?

정상에 이르자 꿈만 같은 화려한 경치를 배경으로 평평한 땅이 나온다. 바윗돌 사이를 깡충깡충 뛰어 건너야 한다. 기분이 아주 가벼워진다. 나는 아이처럼 즐거워한다. 그런데 정작 내 아이들은 전혀 아이들처럼 즐거워하지 않는다. 바람이 인다. 세게 불어온다. 바람에 내 몸이 절벽 쪽으로 떠밀리는 느낌이 아주 좋다.

나는 딸아이 쪽으로 눈을 돌린다. 보지 말걸 그랬다. 그럼 그렇지. 나는 결심한다. 다시는 우리랑 같이 오자고 우기지 않을 것이다. 이 좋은 데까지 와서 인상 쓰는 꼴을 확인할 필요는 없다. 다시 한 번 이런 실수를 하면 내가 밥을 굶는다. 저 아이도 이제는 다 컸다. 자기 시간은 자기 좋은 대로 쓰라고 하자. 어디 한번, 제멋대로 해보라지!

다 왔다. 숨이 턱에 찬다. 발아래 펼쳐진 장관에 취하는 기분이다. 망통 해안이 망들리외까지 훤히 다 보인다. 코르시카 섬까지 보인다. 기막힌 풍경이다! 나는 이런 건 표현을 해야 직성이 풀린다. "정말 기막히지, 응?" 꼭 확인을 받아야 한다는 사람처럼 말하는 나.

"추워!" 일부러 소리가 나게 이를 딱딱 마주치며, 한기가 든다는 것을 광고라도 하듯 손을 연신 비벼대며 딸아이가 덜덜 떠는 소리를 낸다.

"그러게, 따뜻한 옷을 입으라고 그랬잖아."

"집에 가면 안 돼?" 딸아이의 제안. 나로 말할 것 같으면, 한 백년 아니, 일주일, 그것도 안 되면 해 떨어질 때까지라도 있고 싶다.

돌아오면서는 길을 잘못 들어 가파르고 힘든 길로 접어든다. 나 같은 사람한테는 정말 지옥이다. 나는 무서운 건 딱 질색이다. 반대로, 딸아이는 생기가 돈다. 콧노래를 불러가며 앞장서서 간다. 내가 넘어진다. 허벅지를 장식하게 될 푸른 멍이 벌써 눈에 훤하다. 나는 몸을 낮춰 미끄럼틀 타는 자세로 내려온다. 넘어지면 죽을지도 모른다는 생각에 너무나 열중한 나머지 나는 아름다운 경치 따위에는 더 이상 신경을 쓸 수가 없다.

일단 다 내려오고 나자 "어휴, 살았다. 끔찍하다, 끔찍해!" 하는 말이 저절로 나온다. 온몸이 아프다.

"아냐, 난 되게 재미있었던데!"

내가 청개구리를 키우고 있는 걸까?

다 같이 집에 돌아온다. 일곱시다. 기적적으로 딸아이 기분이 좋다. "내가 파이 만들어줄까?" 딸아이는 파이를 아주 잘 만든다.

"네가 시간이 있어?"

"응, 있어." 파이 만드는 일이라면 이 아이는 언제나 시간이 있다.

우리는 유쾌한 저녁식사를 한다. 우리의 모험에 대해서, 내 허벅지에 나타날 시퍼런 멍에 대해서, 우리의 가이드 — 가장에 대해서, 앞으로의 산행에 대해서, 이 따끈한 파이의 맛에 대해서 즐겁게 떠들면서.

딸아이는 신선한 의욕에 친 제스처를 보이며 책상에 가 앉는다. 제 아버지가 그 애매한 물리문제 푸는 걸 도와준다. 딸아이는 콧노래를 흥얼거리며 잠자리에 든다.

거봐라, 엄마 말이 맞지? 아니, 산이 좋은 건가?

다음 주에도 저 아이가 우리와 같이 가주기를!

# 일요일, 내 소중한 하루가 망가지다니!

내일은 일요일. 일주일 중에서 늦잠을 잘 수 있고,
침대에서 뭉그적거릴 수 있고, 시간 넉넉히 잡고 숙제를 할 수 있는 단 하루뿐인 날이다.
한마디로 말해서, 이렇게 꿈 같은 계획을 포기하고
엄마, 아빠, 동생과 함께 산에 가서 걷자는 건 일고의 가치도 없는 제안이다.

어이구, 어이구! 맙소사! 산에 놀러 가자구!? 엄마, 아빠, 왜 그러세요, 도대체?

아무리 그래도 그렇지……. 우리 엄마, 아빠는 왜 저럴까? 내가 고3이라는 게 실감이 안 나시나, 아직 초등학생인 줄 아시나? 월요일엔 물리시험, 화요일엔 수학시험, 수요일엔 논술시험, 목요일까지는 역사숙제를 해가야 되고, 영어 구두시험도 있다……. 일주일 내내 죽었다. 공부 같은 게 아예 없다면 나도 '좋은 공기' 쐬러 산에 갈 수도 있을 것이다. 설사 그렇다 해도, 난 사실은 산에 가는 것보다는 재미있는 책(그저그런 책이라도)을 읽거나 롤러스케이트를 타는 편이 낫다고 생각하지만.

어쨌든, 일고의 가치도 없다. 내일은 일요일. 일주일 중에서 늦잠을 잘 수 있고, 침대에서 뭉그적거릴 수 있고, 시간 넉넉히 잡고 숙제를 할 수 있는 단 하루뿐인 날이다.

일요 가족(나는 빼고) 산행 제도가 생긴 이래로, 오후 한나절 집안을 혼자 독차지할 수 있게 된 것을 나는 너무나도 마음에 드는 일이라고 생각하고 있다는 것을 밝혀두어야 하겠다. 아빠 한숨 소리 안 듣고 편안히 친구들과 통화를 할 수 있고, 엄마 인상 쓰는 것 안 보고 먹고 싶은 것 먹을 수 있고, 혼자 플루트도 불어보고(사람들 있을 때 연습하는 건 딱 질색이다), 음악 틀어놓고 춤도 추고, 간간이 숙제도(물론이다) 할 수 있기 때문이다.

한마디로 말해서, 이렇게 꿈 같은 계획을 포기하고 엄마, 아빠, 동생과 함께 산에 가서 걷자는 선 일고의 가치도 없는 제안이다.

날이 밝았다. 빰, 빠밤, 빠바바바밤! 아홉시 삼십분. 발소리가 들린다. 아빠가 시장 갔다 들어오시는 거다. 나가서 사온 물건 정리하는 거랑 좀 도와드려야 하는 줄은 알지만, 너무, 너무나 피곤하다.

동생이 일어난다. 발소리, 화장실 물 내리는 소리. 동생의 무거운 몸이 계단을 내려가고 있다. 저 아이를 따라서 내려갈 엄두가 안 난다. 일어나기는 해야겠지만, 침대에 누워 있는 한, 하루가 시작되지 않는다는 걸 나는 알고 있다. 나를 기다리고 있는 공부, 특히 부모님과의 말싸움을 조금 더 연기할 수 있다. 좋아, 아직 밤이다. 일요일이 딱 한 가지 안 좋은 점은 그다음 날이 월요일이라는 것이다.

그만. 좋다, 용감하게 부딪쳐보자. 얍, 한 발, 또 한 발, 마침내 기상!

제1단계는 넘겼다. 이제 내려가서 나는 절대 같이 안 간다고 이야기할 차례다.

이런, 졌다. 엄마, 아빠가 이겼다. 내가 졌다. 모르겠다. 될 대로 되라. 지겨워 죽겠다. 물리 공부하려면 아빠의 도움이 절대적으로 필요하다는 사실을 부정할 수는 없다. 아빠가 도와준다면(내가 산으로 따라가서 걷는다는 조건 아래. 왼발, 오른발, 왼발, 오른발) 만사 오케이다. 고등학생이라면 다 그런 아버지를 둔 나를 부러워할 것이다. 아빠는 과학 그 자체보다도 더 과학적인 사람이다. 뭐든지 다, 선생님들보다 더 잘 아신다. 하지만 아빠가 그래서 때로는 내가 얼마나 힘든지를 조금이라도 아시는지…….

나는 아빠만큼 머리가 좋지 못하다. 그리고 아빠를 실망시켜드릴까 봐 언제나 걱정이다. 달리 말하면 내 머릿속에 엉켜 있는 실타래를 몇 시간이고 아빠가 같이 풀어주지 않으면 난 어떻게 되었을지 모른다. 정상적인 부모를 가진 다른 애들은 어떻게 이 험난한 경쟁 세계에서 살아남을까.

이렇게 해서 그들은 내게서 가족 산행에 동참한다는 동의를 억지로 얻어냈다. 작년에 입던 청바지는 너무 꽉 낀다. 엉덩이, 허벅지, 배, 허리, 장딴지까지 다 조여온다. 허리 아랫부분을 다 감싸는 기나긴 코르셋인 격이다.

오늘은 정말이지, 아침에 공부하고 싶은 마음도, 오후에 나들이 가고 싶은 마음도 하나도 없다. 나의 하루가 짓밟히고, 결딴나버린 기분이다. 일요일, 내 소중한 하루가 망가지다니! 자고 싶다.

거울 앞에 서서 내 얼굴의 지형도를 꼼꼼히 뜯어보고 있다. 평가. 말이야 바른말이지, 눈은 잘생겼다. 그렇지만 머리는 진짜 미장원 가서 손 좀 봐야 되겠다……. 근데, 이 빌어먹을 여드름은 네온사인만큼이나 눈에 거슬린다. 에이 씨! 정신 차려라, 얘야. 네가 무슨 '왕국의 제일가는 미녀'를 꿈꾸는 것도 아니잖아. 쓸데없는 일로 맘 상할 거 없잖아?

배가 고프다. 그러고 보니 아침을 안 먹었잖아. 그럼 그렇지. 엄마가 부른다.

그럼 그렇지. 예이 도미요리토 시작되는 일요일이다. 사실 나는 오히려 익숙해져 있는 편이다. 그리고 도미에 맛을 들이기 시작하고 있는 것 같다. 그렇지만 나는 까다로운 딸 노릇을 하는 게 재미있다. 실제로는 까다로운 딸이 못 되니까. 게다가 동생이 생선반대운동을 벌이는 데 언제나 합세하는 게 신난다. 그리고 아빠한테 입에 발린 소리를 너무 많이 하는 엄마에게 면박을 주는 게 고소하다. 우리 아빠의 기가 막힌 음식 솜씨는 일주일에 딱 한 번 일요일에만 발휘되기 때문에 엄마는 어떻게 해서든지 아빠가 요리에서 손을 떼지 않도록 하려고 애를 쓴다. 엄마는 자칭 페미니스트(!)니까.

식탁을 치우고 나니 잠바 하나 걸쳐 입을 시간도 없다. 벌써 출발이다. 오른발, 왼발, 오른발, 왼발, 오른발, 왼발.

너무나 짜증이 나고 피곤해서 바브라 스트라이샌드 노랫소리를 들으면서도 잠이 들어버렸다. 까무룩 단잠을 잤다.

타이어의 마찰음, 도착이다. 어딘지 모르겠다. 아무러면 어떠랴. 관심 없다. 나는 자동차에서 어렵사리 몸을 빼낸다. 앞서서 산을 오르는 사람들을 근근이 쫓아간다. 사는 게 힘들다. 오른발, 왼발, 오른발, 왼발.

지겨워 죽겠다. 계속해서 지겹다. 나중에도 지겨울 것이다. 엄마보다 두 배는 빨리 걷는다. 아름답다며 끊임없이 탄성을 내지르는 게 듣기 싫어서다. 산, 자연, 바다, 태양에 대한 서정시. 맑은 공기는 자기가 만들었나. 알았어, 알았다니까. 그래, 나도 알아, 나도 눈 달렸으니까 아름답다는 건 알아. 아름답다는 낱말의 정의가 어떤 건지는 모르겠지만. 경치가 아름답다는 걸 부인할 수는 없다. 그러나 아는 걸 자꾸 얘기할 필요가 있을까! 그래, 하늘은 푸르고……. 그래, 시야가 탁 트였지, 나도 보여. 그렇다고 꼭 그렇게 끊임없이 감탄사를 연발해야 되는 건 아니잖아. 내가 무슨 눈이 멀었나.

겨우 좋아질락 말락 하는 기분을 엄마가 망치고 있다. 나는 더욱더 입을 꾹 다문다. 나 혼자 속으로 즐기자. 엄마는, 모든 사람이 다 듣게 밖으로 표현을 해야 자신의 기쁨이 모양새를 갖춘다고 생각하는 것 같다.

아빠는 언제나 한결같으시다. 성큼성큼 보폭을 떼어 걸으면서, 말없이 자연을 완상하면서도 물리 얘기를 하는 여유를 보인다. 나로 말할 것 같으면, 혈액순환을 멎게 할 것만 같은 이 꽉 끼는 청바지 때문에 더 이상 걸을 수가 없을 지경이다.

꼭대기에 도착. 정상 정복. 웬 영웅주의. 바람을 맞고 선 처량한 가족. 날아가고만 싶다. 걱정거리들일랑, 수학문제들일랑 다 떨쳐 버리고 날아가버리고 싶다. 그러나 나는 몸무게가 너무 많이 나간다. 바지가 너무 꽉 낀다.

맙소사, 벌써 다섯시다. 더 이상 시간 보내지 말고 빨리 집에 가야 된다. 게다가, 나는 잠바도 못 입고 온 탓에 추워서 벌벌 떨고 있다. 집에 가서 해야 될 공부를 생각하면······.

드디어, 다시 출발. 내가 좋아하는 내리막길이다. 아빠가 방향을 잘못 짚는 바람에 길이 나 있지 않은 야생지대로 들어서버렸다. 엄마도 이제 자연찬미를 뚝 그쳤다. 길들여지지 않은 자연은 감상할 수가 없는 모양이다.

그랬거나 저랬거나 나는 기분이 좋다. 나는 난관, 위험이 좋다. 이러다가 넘어지면 찢어지고 벗겨지고 하면서 한 10미터는 저절로 내려가겠지. 나는 춤이라도 추는 기분으로 폴짝폴짝 뛰어 내려온다. 다들 힘겹게 내 뒤를 따라 내려온다. 다들 생각이 너무 많아. 되는대로 좀 놔둘 때도 있어야지.

내리막길을 좋아했던 건 나뿐이었나 보다. 물리 공부 생각도 잠간 잊었다. 어디서 낙관주의가 내 속으로 스며들어왔는지, 나는 어느새 이렇게 생각하고 있었다. 사실 물리가 별건가, 수학점수는 잘 받을 수 있을 거야, 영어야 거저 먹기지 뭐.

파이를 만들어 먹고 싶다.

# 하느님, 아직 안 돼요!
# 잠깐 기다려주세요

딸아이가 여자? 아직 안 된다. 하느님, 아직 안 돼요! 잠깐 기다려주세요.
여인이 된 딸을 가질 만한 성숙함을 저는 아직 갖추지 못했답니다.
딸아이에게 사랑이 찾아들까 두렵다. 또한 사랑이 영 찾아오지 않을까 두렵다.
내가 질투를 하게 될까?

이 아이, 내 딸, 내 새끼가 어느 날 갑자기 열여섯 살이 된다는 사실에 적응이 안 되었다. 그중에서도 최악의 사태는 나 자신의 젊음이 다 가버렸다는 것을 인정해야 하는 순간이 온다는 사실이다. 이런 순간은 기를 쓰고 연기하고 싶다. 아직은 아냐! 난 아직 받아들일 준비가 안 됐어.

그러나 이 중대한 전환점을 표시는 해야 한다. 딸아이에게 묻는다. "네 생일날 파티 할래?"

"뭘 해?" 이 아인 이런 일에 습관이 안 되어 있다.

"친구들 불러다 디스코 파티를 하든지."
"그래서 뭐하는데?"
"모여서 노는 거지 뭐!"
딸아이는 마음이 오락가락하는지 생각하는 모습이다.
"글쎄, 봐서……."
친구들을 집에 초대해도 좋다고 얘기해주는 게 이번이 처음은 아니다. 그럴 때마다 이 아이는 이렇게 대답한다. "파티는 해서 뭐해?" "늦으면 애들이 집에 어떻게 돌아가게?" 혹은 "시간이 어디 있어?"

유치원 시절부터 그랬다. 이 아이의 삶에서 친구는 존재하지 않는 것 같다. 애를 데리러 가면, 딴 아이들은 다 마당에서 소리를 지르고 장난을 치면서 놀고 있는데, 내 딸만 혼자서 생각에 잠긴 모습으로 벤치에 가만히 앉아 있었다. 커다란 두 눈가엔 짙은 그림자가 지고. 가슴이 아팠다. 나는 아이들이건 학부모들이건 가리지 않고 꾀어서 애한테 또래집단을 만들어주려고 노력했다. 딸아이는 물론 아주 좋아했다. 그러나 혼자서는 친구들을 불러들일 노력을 조금도 할 줄 몰랐다.

두세 번 같은 반 아이들이 수업시간에 발표할 준비를 같이 하러 집에 온 적이 있다. 딸아이도 또 몇몇 아이들 집에 가는 걸 보기는 했다. 그러나 패거리끼리 몰려다니는 건 한 번도 볼 수가 없었다.

나는 체념하고 있었다. "외로운 아이야. 그렇게 타고났나 보지 뭐." 그렇긴 해도 그런 사실을 그냥 받아들일 수는 없었다. 나 자신이 친구들 사이에서 너무나 많은 즐거움, 풍성함을 느끼기 때문이다. 딸아이에게 친구의 필요성을 느끼게 해주기 위해서 내가 투쟁해야 했다. 파티에 기대를 걸어본다. 끈질기게 물고 늘어진다.

"생일 파티 생각해봤니?"

"응, 응."

"응이라니, 뭐가?"

"문제야……."

"뭐가 문젠데?"

"나중에 다들 어떻게 집에 돌아가게 해야 할지 몰라서."

"우리가 데려다주지."

"아니, 그게……."

"부모들 중에 한두 사람은……."

"아냐, 엄마랑 아빠는 여기 없어야지!"

"그럼 우린 어디 가 있어야 되는데?"

"음……, 일박 이일 여행 갔다 오면 안 돼?"

"일박 이일?"

"아니면 조조 아줌마네 가서 자고 오든지."

"농담하자는 거니, 너?"

"음, 그럼 친구 만나러 나가든지, 영화를 보러 나가든지, 응?"

"얘, 네 아버지 성미를 몰라서 그러니? 그렇잖아도 파티 같은 거 안 좋아하는 사람한테 집을 비워달라구?"

"엄마, 부모들 앞에서 어떻게 디스코 파티를 하란 말이야!"

"무슨 얘긴지 알았다. 내가 어떻게 해볼게."

애 아버지와의 협상은 정말 힘들다. 그러나 노력 끝에, 생일 파티에 푸른 신호등을 보내줄 수 있었고, 문제의 생일인 토요일 저녁엔 동료들의 저녁 초대에 응하기로 약속을 해두었다.

"됐다. 자정까지 우리가 집을 비워줄게."

"겨우?"

"그걸로 안 되겠니? 집에 들어올 때는 까치발로 살살 들어와서 쥐도 새도 모르게 침대 속으로 기어들어가 잘게. 너희들 눈치 못 채게 할게."

"애들 몇 명은 우리 집에서 자고 가도 돼?"

"왜?"

"집이 너무 멀단 말이야."

"누구 말인데?"

"크리스토프, 마뉘, 마르고, 뮈리엘, 토바, 라파엘, 모하메드."

"걔들을 다 어디다 재울 건데?"

"그건 걱정 마, 우리가 알아서 할게."

아버지와 또다시 흥정. 애 아버지는 생일 파티를 왜 하는지 모르는 사람이다. 아이들에게 사회성이 얼마나 중요한지에 대해서 내가 일장 연설을 한다. 그는 찬성도 반대도 안 한다. 그냥 따라줄 따름이다.

"그래, 하숙생도 받기로 했다!" 승리.

"그랬어?" 그저 그뿐이다.

"음식은 뭘 좀 준비할까?"

"아, 그건 염려 마. 크리스토프와 마뉘가 토요일 아침에 와서 나랑 같이 다 준비하기로 했어. 마르고가 피살라디에르(토마토, 멸치, 검은 올리브 등을 얹은 니스식 피자파이 - 옮긴이)를 가지고 온대. 우리끼리 간단히 몇 가지 준비할 거야."

이렇게 해서 파티에서 소외당하는 나. 동료들 집에 초대받아 식탁을 떠나지 못하고 겉도는 얘기만 주고받으면서 맛있게 먹고 재미없게 놀고 있는 나.

이런 식의 예의상 초대는 일 년에 한 번 정도 받게 된다. 우리도 한 번 정도는 해야 하고, 이런 저녁시간을 갖게 될 때마다 나는 속으로 결심한다. 친구 간의 따스한 정도, 깊이도 없고, 서로 겉돌기만 하는 이런 식의 관계는 계속하지 않겠다고. 이들도 사람은 좋다. 모든 사람을 다 좋아할 수는 없다는 걸 깨닫는 데에 나는 너무나 많은 시간을 투자했다. 신통한 화제가 없다. 지겨워지기 시작한다. 잠이 온다. 열한시가 다 되어간다. 저들이 하품을 한다. 우리도 하품을 한다. 남편이 눈으로 조심하라는 신호를 보낸다. 그렇지만 적어도 한시 이전엔 집에 들어갈 수가 없다. 신데렐라와는 정반대 신세다.

먹을 것도 다 먹었고, 마실 것도 다 마셨고, 더 할 얘기도 없고, 더 이상 질질 끌 핑계도 없다. 우리는 쭈뼛쭈뼛 집으로 돌아온다.

골목에 들어서자, 자동차에서 내리기도 전에 벌써 쿵쾅거리는 음악소리가 들린다. 집 가까이 갈수록 소리가 높아지더니 집 안으로 들어가니까 아예 귀가 멀어버릴 지경이다. 집 안은 왁자지 껄하다.

딸아이 귀에 대고 내가 말한다. "재미있니? 잘되어가고 있는 거야?" 부엌은 온통 뒤집혔다. 어두컴컴한 거실을 바라보니 가구가 하나도 없다.

편하지가 않다. 남편은 도둑고양이처럼 소리 소문 없이 우리 방으로 들어가버렸다. "우린 가서 자야겠다. 음악 좀 줄여줄 수 있니?" 나의 말.

이층으로 올라간다. 남편은 내가 기발한 생각을 해냈을 때는 언제나 그렇듯이 열을 올리며 나를 맞는다. "쟤들은 음악 좀 줄일 수 없대? 도대체 언제까지 저럴 거야? 이제 그 정도 했으면 된 거 아냐, 응?"

음악이 멎는다. 이어서 누군가 피아노 건반을 두드리는 소리가 몹시 신경에 거슬린다. 나는 이제, 아이들이 부모들에게 잡혀서 사는 시대는 가고 바야흐로 부모들이 죽을 때까지 아이들에게 잡혀서 사는 시대가 온 것은 아닌지 생각해본다…….

이 난리법석 속에서도 남편은 잠이 든다. 나는 자리에 들었지만 잠이 안 온다. 치밀어오르는 화, 막심한 후회가 졸음과 싸운다. 드디어 졸음이 이긴다.

다음 날 아침. 방마다 다 문이 잠겨 있다. 친구 집으로 쫓겨났던 작은딸이 돌아온다. 나는 완전 전투태세를 갖추고 난장판을 치우면서 한바탕 해댈 생각으로 부엌으로 내려간다. 딸아이에게 속에 있는 말을 다 뱉어낼 작정이다. 있는 대로 퍼부어서 꼼짝 못하게 만들어놔야지. 간밤의 부엌을 떠올리니 새삼스레 화가 더 치민다.

막상 부엌에 도착해보니, 이럴 수가. 아무 일도 없었던 것처럼 부스러기 한 점 떨어진 것 없고, 냄비 하나 제자리를 벗어난 게 없다. 모든 게 완벽하게 정리되어 있다. 거실의 가구도 다 들여놓았다. 그러고 보니, 집 안이 이렇게 깨끗하게 정리되어 있었던 적은 한 번도 없었던 것 같다. 할 말도, 할 일도 없다. 너무 완벽하다 보니 거의 배반감마저 느껴진다. 그러나 또한 내 딸과 그 친구들이 기특하기 짝이 없게 느껴지기도 한다.

아이들은 늦잠을 자고 일어나서 오순도순 아침식사를 마치더니 우리에게 정중하게 인사를 하고 돌아갔다. 딸아이는 생일 파티 한 것을 아주 만족해하고 있다.

열여섯 디스코 파티의 그날 이후, 야성적이고, 사교성 없으며, 외톨이인 내 딸, 친구 찾아다닐 줄 모르고, 걸려오는 전화도 거의 없던 바로 이 아이가 전화통 붙들고 시간 가는 줄 모르기가 일쑤다. 남편은 화가 나서 어쩔 줄 모르고 으르렁거린다. 나도 불편하기 짝이 없다. 그뿐 아니다. 딸아이는 남자친구, 여자친구 어울려서 외출이 잦아지기 시작했다.

또 하나의 전환점. 딸아이가 여자? 아직 안 된다. 하느님, 아직 안 돼요! 잠깐 기다려주세요. 여인이 된 딸을 가질 만한 성숙함을 저는 아직 갖추지 못했답니다. 어느 날, 무슨 얘긴가 끝에 딸아이는 내게 이렇게 말했다. "걱정 마, 엄마, 난 아직 처녀야!"

탄성을 내지를밖에. "하느님, 감사합니다!"

그러고 나서 혼자 생각한다. "무슨 말이 이렇게 나오지?" 나는 시대가 바뀐 게 다행이라고 생각하는 편이 아닌가? 순결을 강요당하던 내 젊은 시절, 여성을 억압하는 그 이데올로기의 불합리함을 수없이 반박하던 내가 아닌가?

나는 현대적인 엄마가 아닌가? 내 안에서 일어나는 서로 상반된 감정들을 지켜보고 있자니 불안하다. 겁이 난다. 여성으로서의 삶을 시작하는 데에 마음이 너무 빼앗기다 보면, 공부하고 성장하는 데에 필요한 집중력이 떨어지고 결심이 약해질까 두렵다. 나는 기도하듯, 소리내지 않고 말해본다. 그런 일은 딸아이가 준비가 갖추어질 때까지 기다렸다가 일어나기를, 그리고 즐거운 경험으로 자리하기를.

호기심으로 아이에게 물어본다. "너도 크리스토프와 마뉘 같은 커플이 되었으면 좋겠니?"

딸아이는 꿈꾸는 기분으로 대답한다. "그럼!"

나는 깜짝 놀란다. 내 젊은 날의 꿈, 고통, 사랑의 유희들이 생각나기 때문이다.

골치가 아프다. 딸아이에게 사랑이 찾아들까 두렵다. 또한 사랑이 영 찾아오지 않을까 두렵다.

내가 질투를 하게 될까?

# 걱정 마 엄마, 난 아직 처녀야!

블루스는 사랑 그 자체다. 그러니까 블루스를 추려면 우선 사랑에 빠져야 한다.
이 한 목숨 바쳐서 사랑할 그 누구를 만나 저렇게 매달려서 되는대로 나를 맡겨보았으면.
그러나 불가능하다. 내가 아는 남자들은 다 너무 어리거나, 너무 친한 친구들이다.

뭘 어째야 좋을지 모르겠다. 엄마가 내 생일날 디스코 파티를 준비하라고 그랬는데 어떻게 해야 될까. 애들이 한 오십 명은 올 테고, 음악을 있는 대로 틀어놓고 이웃집까지 시끄럽게 하면서 춤을 추고 북적댈 테고 거실의 가구를 다 내다놔야 할 텐데. 분위기를 괜찮게 이끌어가고, 생일을 맞는 아이 역할을 잘 해내고, 친구의 친구들이 데려오는 막연하게 아는 사이인 사람들도 잘 대할 줄 알고, 그런 능력이 다 있어야 되는데. 보통 일이 아닌데.

동생은 어떡하지? 어디 가 있으라고 할까? 엄마, 아빠는 또? 어떻게 하면 그럴듯한 구실을 붙여서 기분 안 상하게 내쫓을 수 있을까? 맙소사, 이러다가는 디스코 파틴지 뭔지 시작도 못 하겠다. 그러나 서로 속을 털어놓고 지내는 카린한테 얘기했더니 마음이 놓인다. "그런 건 문제도 아니야. 내가 도와줄게. 집에서 디스코 파티를 한다는 게 얼마나 신나는 일인지 알아, 너! 어휴, 나도 집에서 그런 파티 한번 해봤으면 소원이 없겠다. 나를 위해서라도 제발 좀 해라, 응?"

그렇다. 카린은 나보다 생일이 딱 하루 빠르다. 그러니까 우리 둘이 생일 파티를 한꺼번에 하는 거다. 좋아, 한다! 학교에 은근히 소문이 퍼지고 다들 오겠다고 약속했다(내가 정말 피하고 싶은 애들만 빼고). 모든 게 너무나 빨리 진행되는 바람에 춤도 잘 못 추는 내가(언제나 콤플렉스투성이다) 여주인공 노릇을 제대로 해낼 수 있을까, 있을 건 다, 아니 대충이라도 있나 하고 생각해볼 시간도 빠듯했다.

나는 다들 부러워하고 좋아하는 인기 있는 그런 부류의 여자아이는 아니다. 그러나 친구들은 나를 좋아한다고 생각한다. 남자친구도 있고 여자친구도 있지만, 어느 누구와도 그 이상의 감정을 가져본 적은 없다. 이 친구 집에도 저 친구 집에도 갈 수가 없다. 뭘 타고 집에 돌아올 수 있을지 모르기 때문이다. 남자애들과 영화를 보러 가거나 디스코텍에 가는 일도 마찬가지 이유로 내게는 불가능하다. 한편으로는, 친구라는 것에 그다지 믿음이 없기도 하다. 누군가와 너무 가까워지는 것이 두렵다. 기분 좋을 때는 언제나 같이 웃고 떠들면서, 정작 고민이 생겼을 때는 함께 있어주지 못하는 친구들에게 너무나 여러 번 실망했다.

하긴, 잃을 것은 아무것도 없다! 파티 계획은 이미 서 있으므로, 준비만 하면 된다.

음반은 우리 반 음악광들이 가지고 올 거고, 몇몇 애들이 토요일 오전에 와서 음식 준비를 도와주기로 했고……. 막상 파티 때 가면 또 생기는 게 있을 거다. 별것 아니지만 파티의 성패를 좌우하게 만드는 그런 것들. 신경이 날카롭다. 책임이 무겁다. 오십여 명이나 되는 사람들을 즐겁게 해주어야 하고, 다가올 시험을, 가슴을 짓누르는 불안을, 고민거리들을 잠시 잊게 해주어야 하니까. 마르고는 벌써 잘생긴 남자애들도 초대했냐고 물어왔다.

일곱시, 마뉘와 나는 옷을 갈아입을 것이다. 마뉘와 크리스토프가 아주 예쁜 흰색 블라우스를 선물했다. 그걸 입을까? 아니, 빨간 원피스? 아니면 그냥 청바지를 입을까? 카린과 마르고가 와서 도와준다. 얘네들이 블라우스와 치마, 여러 가지 색깔이 섞인 스카프를 골라준다. 내게 화장을 시킨다. 머리를 빗긴다. 장신구를 단다. 향수를 뿌려준다 하며 멋을 내주려고 법석을 떤다. 화려하다!

동생, 엄마, 아빠, 가구를 다 들어내버린 거실 한복판에 서서 우리는 웃으면서 음악을 듣고 있다. 기다리고 있는 중이다.

나는 불안하다, 마음이 안 편하다, 조바심이 난다. 딴 애들은 느긋하고 정상인데. 다들 올까? 잊어버린 건 아닐까? 아, 벨 소리다! 달려나간다. 우리 반 천재 중 하나인 모하메드가 어여쁜 장미 한

송이를 들고 문간에 서 있다. 낭만적인 선물! 그러고 나서 한 삼십 분은 다 같이 기다린다. 어색한 채로 우리는 수다를 떤다. 뭘 해야 할지, 무슨 얘길 해야 할지 몰라서 자연히, 지나온 학교생활 이야기를 나눈다. 베트남전에 함께 참전했던 전우들처럼.

드디어 왔다. 사방에서 "생일 축하해!" 소리가 터지면서 들이닥치는데, 맙소사! 웬 사람이 이렇게 많지. 초대한 수의 두 배도 넘는 것 같다. 누군가 음악을 틀었고, 분위기는 자연스럽게 흘러갔다. 처음엔 다들 좀 우물쭈물하더니 곧장 몸을 풀고 나섰다. 스트레스 해소, 도피, 에너지 발산, 젊음, 뜨거운 가슴, 영혼, 역동. 날아갈 것 같은 기분이다. 나는 춤을 춘다. 춤, 춤. 춤추는 게 너무 좋다.

마르고가 이렇게 말할 지경이다. "너희 반 애들 이렇게 함께 모여 다니는 거 정말 신기하더라. 우리 반 애들은 학교만 나서면 끝인데!" 뒤에서 카린 목소리가 들린다. "블루스도 몇 곡 틀어야지!"

나는 블루스를 싫어한다고 말해도 아무 소용이 없다. 내 생일인데. 블루스는 춤도 아니다. 그냥 몸뚱이만 서로 맞대고서 보일락말락 움직이는 게 무슨 춤인가. 블루스는 사랑 그 자체다. 그러니까 블루스를 추려면 우선 사랑에 빠져야 한다. 오! 사랑에 빠질 수만 있다면 얼마나 좋을까! 블루스 추는 커플들의 모습이 행복해 보이지 않는다. 간신히 떼어놓고 있는 스텝이 리듬을 타고 있지 않다. 음악을 듣고 있는 것 같지도 않다. 지겨워하고 있다. 자고 있다. 이 한 목숨 바쳐서 사랑할 그 누구를 만나 저렇게 매달려서 되는대로 나를 맡겨보았으면. 그러나 불가능하다. 내가 아는 남자들은 다 너무 어리거나, 너무 친한 친구들이다.

다수의 의견에 따라 계속 블루스곡만 돌아가고 있다. 하긴, 블루스도 그렇게 나쁘진 않군. 맛을 알 것도 같다. 오늘 저녁 내가 아주 예뻐 보인다고 내 귀에 속삭여주는 저 녀석? 뭘 보고 믿지? 오늘이 내 생일이니까 칭찬을 좀 해줘야 한다고 생각하고 있는지도 모르잖아!

파티가 무르익어간다. 먹을 것도 있고, 춤도 계속되고, 게임하는 패도 있고, 간간이 웃음도 터지고.

하지만, 이 혼자라는 느낌. 웃는 얼굴을 하고 있어봐도, 행복한 척해봐도 소용이 없다. 이 모든 게 다 부질없다는 게 피부로 느껴진다. 이게 다 뭔가, 내 인생은, 세상은, 내 열여섯 나이는 변하는 게 없다. 구석에 가 앉아서 이 아이들을 바라본다. 내가 혼자 떨어져 앉은 걸 눈치채는 사람은 아무도 없다. 이게 친구라는 건가? 서글피진다. 서들을 보라, 몸을 흔들고, 날뛰고, 소리지른다. 저게 춤이라는 건가? 저들은 음악을 음미하고, 음악을 제 속으로 파고드는 것을, 음악과 하나 되는 맛을 모른다.

갑자기 한 떼거리가 몰려와 나를 에워싼다. "자, 됐어, 충분히 쉬었잖아, 일어서." 그래, 난 열여섯, 내 생일이야, 춤을 춰야지. 춤 속에서 나는 무아지경에 빠져든다. 몸이 비눗방울처럼 가벼워지는 느낌이다. 난다, 난다, 난다.

마뉘가 케이크를 내온다. 촛불을 끄고 선물을 받기 위해 나는 다시 지상으로 내려온다. '수학' 놀이세트, 음반, 원피스, 팔찌, 편지지, 모자, 가방, 스카프, 그리고 또, 그리고 또. 다시 춤. 나는 지칠 줄 모른다. 콤플렉스여, 안녕.

엄마, 아빠가 돌아오신다. 대부분의 아이들이 가버린다. 이제 한 열 명 남짓밖에 남지 않았다. 이즐랭 음악을 튼다.

그러다가 각자 악기를 하나씩 들고 즉흥 연주회를 연다. 카린은 선물받은 플루트를, 뮈리엘과 모하메드는 피아노를, 라파엘은 바이올린을 연주한다.

이어서 수다의 시간이 계속된다. 그렇고 그런 이야기들, 미칠 듯이 터져나오는 웃음들. 아무도 선뜻 자러 들어가자는 말을 꺼내지 않는다. 드디어 정리, 청소, 설거지.

완전히 원상복구가 되었다. 여자애들은 내 방에서 자고 남자애들은 거실에서 잔다.

나는 혼자 침대에 들어 오늘 파티가 썩 나쁘지 않았다는 생각을 한다. 하지만, 이럴 필요가 있을까?

다음번 블루스 때는 음악에 실려 사랑이 내게까지 전해져오게 될까?

# 그래, 난 할 수 있는 만큼은 했어

내 귀여운 딸을 저 지경으로 만든, 내 꿈을 박살내어버린 망할 놈의 시험관들.
만나기만 하면 한놈 한놈 다 때려눕히고 싶었다. 딸아이는 나를 죽도록 원망했다.
"엄마 때문에 억지로 했어. 이제, 다시는 안 할 거야!"

딸아이 방에 들어가본다. 거기 잠자고 있는, 버림받은, 매장당한 플루트를 내려다본다. 악보대 위에는 바흐의 소나타 악보가 놓여 있다. 악보가 하나 가득 쌓여 있다. 오렐 니콜레, 제임스 골웨이, 장피에르 랑팔 등의 음반을 수집해놓았다. 실내악 연수, 음악가 초청 강습, 음악과 함께하는 방학생활 등등의 안내서들. 이 썰렁한 방에 내가 처음 들어와보는 것은 아니지만, 들어와볼 때마다 받아들이기가 어려운 슬픈 사실, 플루트는 죽었다.

이 모든 물건이 딸아이에게 음악을 가르치던 수년의 세월 동안 내가 가졌던 착각을 일깨워준다. 딸아이를 음악가로 키워 매니저 노릇을 하고 싶어 하는 어머니. 왜 그렇게 음악에 대해서 완강했는지 모르겠다. 무슨 이유로 음악이 내게 그렇게 중요했는지, 그리고 어떻게 내가 아이를 노예 감시하듯 했는지 모르겠다.

다들 미쳤다. 엄마들이 너무 많아 앉을 자리도 없는 복도에서 레슨이 끝나기를 기다리며 서성이는, 하염없이 뜨개질을 하고 있는 우리. 자기 자식이 음악에 뛰어난 소질을 보인다고 생각하는 엄마들. 몰려드는 학생들을 다 받기 위해서 복잡하게 짜놓은 플루트, 청음, 솔페지오, 실내악 레슨에 아이를 데려다주기 위해서 일주일 내내 얼마나 뛰어다녀야 했던가. 어두컴컴한 복도에서, 자동차 속에서 얼마나 오랜 시간 동안 추위와 지루함을 참아내야 했던가. 그러나 희생이라고도 말할 수가 없다. 너무나도 확고한 신념에 사로잡힌 나머지 나 자신이, 음악원이라 불리는, 변비증을 일으킬 것만 같은 이 교육기관의 부당한 독재체제를 기꺼이 감수하겠다는 자세였으니까.

보답이 없었던 것은 아니다. 연말이면 공개시험이 있었다. 내가 낳은 스타가, 어린 시절부터 작년에 이르기까지, 무대에 오를 때면 나는 숨도 못 쉴 지경이었다. 신경이 날카로워지고 가슴이 뛰었다. 얼굴엔 벌겋게 열이 올랐다. 이게 다 공개시험 한 달 전부터 미리 신경안정제를 먹어두라는 다른 엄마들의 충고를 귀담아듣지 않았던 탓이다.

딸아이가 무대에 섰다. 교수가 아이의 이름을 부른다. 내 딸이 플루트를 입에 대고 불기 시작한다. 첫 음에 벌써 나는 마음이 놓인다. 우리 딸이 최고다. 눈곱만큼도 의심의 여지가 없다. 우리 딸은 갖출 걸 다 갖췄다. 가슴이 벅차서 눈물이 난다. 그들은 알고 있다. 플루트에서 저런 소리가 나오기까지 매일매일 내가 어떤 전쟁을 치러야 했는가를.

연속적인 시험들, 이어지는 성공, 그 유월의 오후는 내 인생에 강하게 찍힌 하나의 점이었다. 나는, 이 아이가 살아 있는 한 음악을 계속 시키겠다고 다짐했고, 정작 아이는 레슨 받고 돌아올 때마다 음악 배우는 것을 그만두고 싶다고 눈물로 호소해왔다.

딸아이가 시험에 실패하던 날, 나는 생각을 바꿨다. 그래도 그만두게 하지는 않을 생각이었다. 한 방에 그냥 나가떨어질 수는 없다. 아이는 무슨 일이라도 당한 사람처럼 쓰러질 듯이 연단에서 내려왔다(이 아인 언제나 이랬다. 언제나 엉터리로 연주했다고 생각하며 쓰러지기 일보직전인 사람처럼 시험대에서 내려왔다). 딸아이는 난생처음으로 혹독한 점수를 받았다. 재시험에 걸렸다.

우리나라 제일의 눈물제조기, 이날, 딸아이는 스스로를 주체하지 못했다. 천식발작처럼 쏟아지는 울음. 한바탕 울음이 쏟아진 후, 내가 선생과 이야기를 좀 해보려고 하자 딸아이는 나를 문 쪽으로 밀고 나가면서 이렇게 명령했다. "나가!"

그러더니, 울면서도 엄숙하게 선언하는 것이었다. "나, 다시는 플루트 안 만질 거야!"

이 한마디를 끝으로 딸아이는 사흘간 묵비권 행사에 들어갔다.

덧창까지 닫아놓고 이불을 뒤집어쓰고 침대 속에서 나오지 않았다. 속상해서 죽을 것 같았지만 어떻게 해줄 수가 없었다.

"학교 안 가?" 또다시 울음.

"하늘이 무너졌니, 왜 그래!" 울음이 더 심해진다.

온 집 안이 초상집 같았다. 내 귀여운 딸을 저 지경으로 만든, 그리고 내 꿈을 박살내어버린 시험관들이 죽이고 싶게 미웠다. 만나기만 하면 한놈 한놈 다 때려눕히고 싶은 심정이었다. 남편 생각은 좀 달랐다. 그는 나를 죽이고 싶게 원망했다. "자업자득이야. 내가 뭐랬어. 당신, 너무 지나치다고 그랬잖아. 싫다는 앨 억지로 밀어붙일 거 뭐 있어."

딸아이도 마찬가지 생각이다. 나를 죽이고 싶게 원망했다. 그 신경발작적인 위기가 지나고 나자 내게 이렇게 말하는 것이었다. "엄마 때문에 억지로 했어. 이제, 다시는 안 할 거야!"

나는 어안이 벙벙했다. 뭐라고 대답할 말이 없었다…… 있었다. "너, 내 얘기 들어. 네가 어른이 되어서 이 집에서 나가 살 땐 너 하고 싶은 대로 하고 살아. 그렇지만 내 밑에서 크는 동안은 플루트 계속해야 돼! 알아들어?" 내 말투가 지독하게 위압적이었으므로 딸아이는 알아들을 수밖에 달리 어떻게 해볼 도리가 없었다. 그리고 실천할 수밖에!

해답은 엉뚱한 데서 나왔다. 그 시절, 정열적이고, 실력 있고, 패기만만한 데다가 멋있고, 인기 있는 젊은 플루트 연주자가 나타났다. 그 남자가 딸아이 가슴에 음악의 불을 지펴놓았다. 음악원에서 일등상을 탈 정도로. 계속 시키기를 잘했지. 내가 이겼다!

그러나 나는 아무것도 얻지 못했다. 음악의 불은 꺼지고 말았다. 나는 마호가니로 된 플루트 케이스를 눈으로 쓸어내린다. 내 가슴 속에 남아 있는 회한을 되씹으며. 할 수 없지. 나는 할 수 있는 만큼은 했어.

하프 켜는 친구, 플루트 부는 친구랑 같이 연주하는 걸 그렇게 재미있어하더니만……. 상당한 수준에 이르렀는데 그냥 그만두다니. 그 얘기 다시 끄집어내지 말자. 이젠 우겨서 시킬 힘도 없다. 딸아이 태도는 확실했다. 열네 살이 되자 내게 선언했었다.

"나, 평생 이 짓(플루트 연습) 하고 못 살아!"

"평생 뭐 하고 살 건데?"

"몰라. 하여튼 삼 년만 있다가 파리로 가서 연극을 해야겠어!"

기가 막혀서 입을 다물 수가 없다. 반대를 하고 싶었지만, "하필 왜 파리야?" 하는 게 고작이었다. 나한테는 뉴욕이 제일이었다.

"뉴욕에 가지 왜!"

"내가 어떻게 영어로 연극을 하란 말이야, 엄마!"

작년에 카페 테아트르에서 〈체호프의 환희〉 공연에 딸아이가 속해 있는 연극반을 참여시켰다. 두 작품 〈청혼〉 그리고 〈곰〉. 나는 학예회에 가는 기분으로, 가야 된다는 생각 때문에 가서 구경했다.

근데 이게 웬일인가! 인생 설계? 장난? 극성? 이게 내 딸이란 말인가!

이건, 나랑 아무 상관이 없다. 나의 노력, 근심, 분노, 악착과는 관계가 없다. 이건, 내 꽃밭에 저절로 생겨난 못 보던 꽃이다. 그럼 플루트는? 플루트가 딸아이 영혼에 조금이라도 영향을 미치기는 한 걸까?

그렇다. 반항심!

지금은 이 아이들이 〈대머리 여가수〉를 공연하고 있다. 난, 딸아이에게 너무 골치 아픈 작품이라고 말해준 적이 있었다. "수도 없이 공연되었던 작품이잖아. 너희들이 뭘 더 어떻게 할 수 있겠니? 다른 작품을 해봐!"

"아냐, 그냥 할 거야." 딸아이는 고집을 부렸다. "벌써 결정이 난 거야."

첫날, 첫 공연. 나는 미리부터 지켜워하고 있었다. 그런데, 불꽃. 기가 막힌 공연이었다. 사람들이 데굴데굴 굴렀다. 웃음소리가 끊이지 않았다. 글쎄, 이오네스코도 나랑 같은 의견일지는 모르겠지만 어쨌든 난 무척 재미있게 봤다.

딱 한 가지 아쉬운 건, 플루트곡이 배경으로 깔렸더라면…….

오늘 밤에는 잠이 안 온다. 유령처럼 나는 딸아이 방에서 서성거린다. 자는 아이를 바라보며 소리 없이 자장가를 불러본다.

그래, 그래 우리 딸,
네 인생을 연주하렴,
널 위해, 날 위해 연주하렴.
뭐든지 연주해봐,

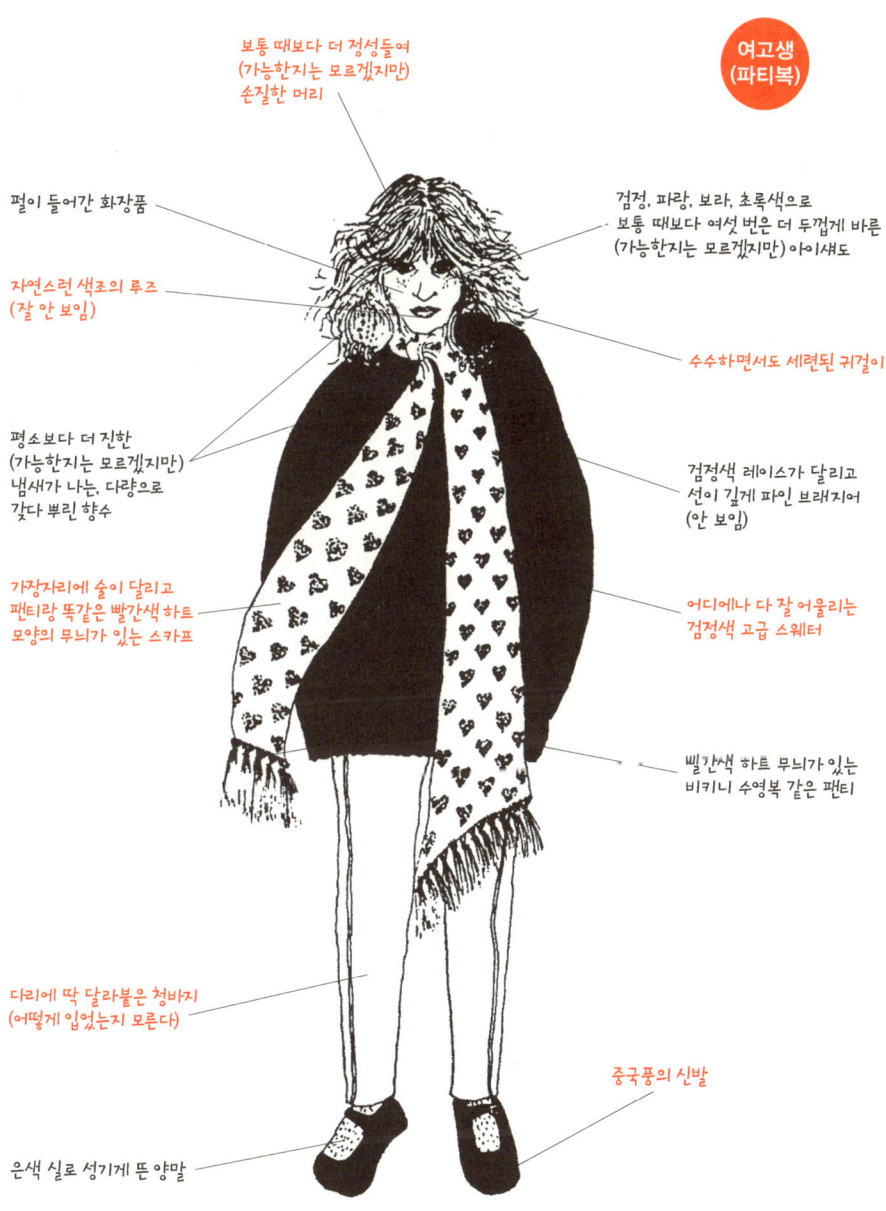

사랑을, 네 생각을
힘차게, 떠오르는 대로
미운 것 싫은 것 모두 내던져버리고
편안하고 조용하게 살아갈 수 있도록
너의 기쁨을 위해
네가 원하는 대로
그래, 그래 우리 딸,
네 인생을 연주하렴.

# 똑똑한 학생에 예술적 재능까지?
# 그건 기적이지

내가 플루트를 선택한 건 소리가 듣기 좋았기 때문이며, 아름다워 보였기 때문이다.
그리고 바이올린을 든 내 모습이 상상이 안 되기 때문이기도 했다.
나를 유명한 플루트 연주자로 만들려는 야심을 가진 엄마는 연습시간이 너무 적다고
속상해했고, 그런 엄마와 나는 끊임없이 말다툼을 벌일 수밖에 없었다.

수업을 마치고 집에 돌아올 때마다 내 방에 들어가는 순간을 늦추고 싶다. 내 방에만 들어가면 기분이 지독하게 나빠지기 때문이다. 침대는 흐트러져 있지, 덧창은 열어놓지도 않았지, 아침에 아무렇게나 벗어 던져놓고 나간 옷이 여기저기 널려 있지, 책상 위에는 정리 안 된 책이며 복사물들이 뒤죽박죽으로 쌓여 있지……. 나를 기다리는 이 물건들로부터 도망치고 싶다. 특히 매일같이 전해져오는 내 아름다운 플루트의 비난으로부터. 은으로 된 플루트는 붉은색 빌로드로 안을 댄 마호가니 상자 속에 고이 모셔져 있

다. 내 방 한구석에, 잊힌 채, 그 화려했던 순간들에 대한 향수를 그대로 지니고서, 외로이 그렇게. 나는 이 친구를 내 가슴 깊은 곳, 한구석에 밀쳐두었다. 함께했던 기나긴 시간들은 다 가버렸다.

구 년 동안이나 나를 살기 힘들게 만들었던 것에 대한 악감정도 아직 내 안에 남아 있다. 여섯 살 때부터 엄마는 음악을 가지고 날 괴롭혔다. 우선, 악기를 선택해야 했다. 내가 플루트를 선택한 건 소리가 듣기 좋았기 때문이며, 아름다워 보였기 때문이다. 그리고 바이올린을 든 내 모습이 상상이 안 되기 때문이기도 했다. 플루트가 내게 더 친근하게 느껴졌다. 입술을 직접 갖다대는 게 좋아 보였다.

이렇게 해서 나는 수요일(프랑스 아이들은 수요일에 학교에 가지 않는다 - 옮긴이) 하루를 온종일 음악원에서 보내게 되었다. 그러다가 점점 진도가 나갈수록 방과 후에도, 일주일에 하루, 그다음엔 이틀을 더 할애해야 했다. 집에 가는 길에 사나운 늑대가 나타날까 봐 벌벌 떨던 나이에도 우리 엄마, 아빠는 나 혼자서 어두컴컴한 길을 걸어 귀가하도록 내버려두었다.

'똑똑한 학생'이 되는 것만도 벌써 쉬운 일이 아닌데 거기다가 또 '예술적인 재능'까지 보여야 한다는 건 정말 기적에 속하는 일이다. 그럼에도 불구하고 해야 될 때는…….

결국 나는, 때로는 쓰러질 것같이 피곤해하면서도 일주일에 여섯 시간씩을 음악원에 할애해야 했다. 그러고도 선생님한테는 연습 부족이라고 혼이 나면 눈물이 비 오듯 쏟아졌다. 나를 유명한 플루트 연주자로 만들려는 야심을 가진 엄마는 연습시간이 너무 적다고 속상해했고, 그런 엄마와 나는 끊임없이 말다툼을 벌일 수밖에 없었다. 수학점수 90점(좋은 때였지)을, 논술점수 80점을 받아와도 그런 건 아무도 중요하게 생각해주지 않았다. 선생님은 내게 늘, "넌, 우리 클래스에서 소리가 제일 뛰어난데도 이게 뭐니! 창피한 줄 알아야 돼. 연습 부족이야, 연습 부족!" 하셨다.

엄마는 "넌 아주 유명해질 거야. 세상 사람들이 다 네게 갈채를 보내게 될 거라구. 연습 열심히 해!" 하셨다.

어쩌면 순전히 반항심 때문에 아니면 게을러서 나는 그 말대로 하지 않았다. 지금 와서 생각하니 후회가 된다. 다른 애들이 음계 연습을 하느라고 손가락을 빠르게 놀리면서 숨을 몰아 내쉬고 들이쉬고 하는 동안, 나는 곡에 감정을 넣을 생각만 하면서 꿈에 젖어 있었다. 다른 애들이 테크닉 훈련을 하는 동안 나는 한껏 감수성을 발휘하면서 가장 아름다운 곡만 골라서 연습했다. 그럴 때는 너무나 기분이 좋았고, 그 맛에 나는 어려운 단계들을 잘 넘겼다. 헛되고 헛된 재능이여, 열정이여! 그것들은 겨우 연말 시험 때까지나 지속되었을 뿐이었다.

완성도라는 것은, 그것이 연습을 많이 해야만 얻을 수 있다는 데 문제가 있었다. 나는 힘들게 고생하는 것보다는 기적을 바라는 쪽에 가까운 사람이기 때문이다. 그 대가를 나는 지금, 고등학교에 와서 치르고 있다. 글쎄, 내가 뭐 그렇게 엉터리 학생은 아니지만, 좀 태만한 데가 있는 건 사실이다.

그러므로 나는 학기 중에 그다지 열심히 하지 못했다. 그럼에도 불구하고 시험 때에는 아주 연주를 잘했다. 나는 시험이나 경쟁에 관계된 일이라면 바짝 열을 올린다는 사실을 말해두어야겠다. 바짝 얼긴 하면서도 나는 무대 위에 서는 걸 좋아한다. 사람들을 지배하는 느낌이다. 하긴, 이런 경우는 예외다. 시험 때 꼼짝 않고 긴장해서 앉아 있는 학부형들. 그들은 모든 연주자가 자기 자식보다 못하기를 바란다. 심사위원들로 말할 것 같으면, 끊임없이 시계를 들여다보고, 기침 소리를 내고, 웃기도 하고, 자기들끼리 귀엣말을 하기도 한다. 내 목적은 바로, 잡음 하나 없는 거의 종교적인 그런 침묵을 얻어내는 것인데.

한번은, 내 스스로의 함정에 걸려들었다. 기초반 Ⅱ 시험날이었다. 두뇌의 명령에 복종하는 버릇이 별로 안 되어 있던 내 손가락들이 제대로 속도를 내주지 못하여 나는 애석하게도 시험에 떨어지고 말았다. 이는 성장기 소녀 시절, 나의 첫 번째 실패, 첫 번째 절망이었다고 생각된다. 할아버지의 죽음 이후, 철모르는 계집애였던 — 학교생활에서 경험하게 되는 수많은 실망과 힘겨움에도 불구하고 나는 아직도 철모르는 계집애에 불과하다 — 내게 이렇게 끔찍한 시련은 일찍이 닥친 적이 없었다.

너무 얼어서 그랬다고, 심사위원, 엄마 탓이라고, 피아노 반주 소리가 너무 커서 그랬다고 핑계를 대고 싶었다. '불행'이 닥칠 때는 언제나 그랬듯이, 나는 내 안으로 깊숙이 침잠해버렸다. 그리고 나를 고문하는 이놈의 악기를 더 이상 계속하지 않겠다고 공식적으로 밝혔다. 잊고 있었다. 오늘날, 내가 잊어버리려고 노력하고 있듯이. 플루트로 해서 가질 수 있었던 환희의 순간들, 친구들, 친척들 앞에서 벌이던 작은 연주회들, 아무도 없을 때, 나 혼자 집에서 몇 시간이고 그칠 줄 모르고 연주하던 때의 기쁨, 플루트와 나, 둘이서만 나누던 아무에게도 들키고 싶지 않았던 은밀한 즐거움을.

엄마의 협박("플루트 안 할 거면 밥도 먹지 마!") 덕택에 나는 계속해야 했다. 나로서는 다행한 일이었다. 왜냐하면 바로 그 플루트 때문에 영원히 잊지 못할 사랑, 내 영혼의 아버지와도 같은 사람을 만날 수 있었기 때문이다. 그는 내게 나 자신에 대한 믿음을 소생시켜주었으며, 음악가로서의 힘을 가질 수 있게 해주었다. 음악원 수업이 다 끝난 후에도 보충레슨을 해주면서 내 연주 솜씨가 월등해질 수 있게 도와주었다. 내가 화려하게 플루트 연주자 부문 일등상을 받을 수 있었던 것은 그의 덕분이다.

그래, 난 실패가 먼지, 성공에 따르는 영광이 무언지, 이름이 난다는 게 무언지 알았다. 비록 지방신문 한쪽에 자그마한 글자로 새겨졌었지만, 사람들은 나를 보면 이렇게 말했다. "아, 네가 바로 그 꼬마……. 어머! 축하한다." 상도 많이 받아봤지만 이제는 김이 다 빠졌나 보다. 진짜로 연주를 해보고 싶을 때가 있지만 그 지옥 같은 음악원에는 다시 가고 싶지도 않고 혼자 연주하는 것도 싫다. 게다가 지금은 시간이 정말 없다. 지금은 내가 연극에 한창 열을 올리고 있는 중이기 때문이다.

나는 요즘 센세이션을 일으키고 있는 극단에서 연극을 하고 있다. '우정의 무대'라고. 일주일에 세 번씩 〈대머리 여가수〉에게 노래를 시키느라 상식을 넘어서고 있다. 이 말을 달리하면 공연이 있는 날은 열두시가 넘어야 잠자리에 들 수 있다는 뜻이며, 이 모든 행사에도 불구하고 나는 정기적으로 물리시험, 수학시험을 치르면서 나쁜 점수를 받고 있다는 뜻이기도 하다.

연극이라. 나는 연극이 훨씬 더 좋다. 공연장 분위기는 아주 소탈한 편이다. 장피에르(영원한 나의 남편, 지금까지 같이한 모든 공연에서)와 나는 입씨름을 해가며 연습을 한다. 싸우지 않을 수가 없다. 계속해서 의견이 대립된다. 우리 둘이 서로 너무 다르기 때문이다. 장피에르는 작고 말랐는데 나는…… 정반대다.

하여튼, 이상理想. 할리우드의 스타가 되는 꿈을 꿀 때도 있다. 근데, 아무래도 외모가 걸려서…….

연기하는 건 언제나 좋다. 싫증이 나는 법이 없다. 배역을 익히는 것도 장기공연을 하는 것도 지루하지 않다. 힘들어서 일한다는 느낌이 없다. 내가 아닌 사람이 되어보는 것, 혹은 배역을 맡은 인물에 나를 대입해보는 것이 좋다. 그러노라면 나 자신이 지니고 있는 콤플렉스에서 자유로워지는 것 같다. 맡은 배역의 한계를 벗어나지 않으면서 뭐든지 다 해볼 수가 있다. 편안하게 느껴진다, 삶의 도약이 느껴진다.

연기하는 게 아니라 사는 거다.

# 내가 보기엔
# 눈곱만한 차이도 없는걸

딸아이는 온갖 청바지를 다 입어본다. 벨트가 맘에 안 든다. 주머니가 밉다.
너무 꼭 낀다. 너무 안 낀다. 혹은 너무 길다. 너무 짧다. 난 지친다.
딸애는 화가 나서 죽으려고 한다. 내가 도대체 판별력이 없다는 것이다.

구멍 난 양말, 쌓아놓은 팬티가 점점 줄어드는 현상, 브래지어, 유행이 한참 지난 청바지, 없어진 스웨터, 그리고 후렴구처럼 반복되는 "내 옷은 입을 게 하나도 없잖아." 하는 짜증 섞인 푸념. 이 모든 것이 함께 쇼핑을 나가자는 딸아이의 절박한 청원을 피할 길 없게 만든다. 벌도 한꺼번에 받아버리는 게 낫다. 이왕이면 두 딸을 다 데리고 나가자. 한 방에 둘 다 다신 입 떼지 못하게 해놓으면 얼마 동안은 조용하겠지.

하던 일을 잠시 내버려두고 이 지겨운 의무를 수행하기로 한다.

낙관주의적인 전망을 가지고, 한동안 물건 장만하는 일을 잊고 살았다. 의욕도 있고, 기운도 있을 때 나가보자. 오늘은 기나긴 목록에서 몇 가지를 없앨 생각은 전혀 없고, 한 번에 다 사서 끝내버릴 작정이다!

옷을 갈아입는다. 딸아이가 나타나는데(제일 늦게) 보니 꽉 끼는 청바지에다 티셔츠는 세 겹쯤 덧입고, 발목을 훨씬 웃도는 운동화를 신고 있다. 나는 옷도 입어보고 신도 신어보고 하려면 썩 편리한 복장은 아닌 것 같다고 넌지시 말해본다.

"괜찮아, 걱정 마. 난 빨리 갈아입을 수 있어."

지갑에 지폐가 충분히 들어 있는지, 신용카드랑 수표책은 잘 챙겼는지 확인을 해본다. 이 아이들이 오늘, 나를 완전히 벗겨먹으려고 들 것이다. 너무 많이 쓰면 안 되는데…….

나는 소비하는 걸 안 좋아한다. 별거 아닌 물건을 살 때에도 나는 큰 결심을 해야 한다. 내 성격, 내가 받은 교육 때문에 꺼림칙하다. 어머니, 할머니, 증조할머니가 생각난다. 그들이 합창을 하는 것 같다. "이게 너한테 정말 필요한 물건이니? 없으면 안 되는 거야? 빨간색 땡땡이 무늬가 있는 흰 블라우스 입으면 진짜로 인생이 더 즐거울 거 같아?" 그들의 목소리가 백화점을 어슬렁거리는 나를 끈질기게 따라다닌다.

나는 돈 가지고 까다롭게 구는 사람이 아니다. 구두쇠도 아니고 깍쟁이도 아니다. 파티를 열거나, 음식을 한상 잘 차릴 때나, 친구들 도와줄 때, 휴가나 여행을 위해서라면 얼마든지 돈을 팍팍 쓸

줄 아는 사람이다. 그러나 청바지 사는 데는?

첫 번째 백화점. 돌격. 분류. 입어보기. 옷이라고 다 볼품도 없다. 싸구려같이 보이는데 비싸기는 너무나 비싸다. 딸아이가 합성섬유로 만든, 모양을 알 수 없는 회색 원피스를 들어 보인다. 내가 여기 온 것은 딸아이 취향을 비판하기 위한 건 아니니까, 그냥 돈만 내면 된다. 말을 돌려본다. "단박에 사버리기는 좀 그렇잖아. 다른 데도 좀 둘러보고 나서 결정하자, 응?"

딸아이는 입을 비쭉 내민다. 또 시작이다.

다 같이 계속 둘러본다.

작은딸이 양옆에 푸른 줄이 그려져 있는 꿈에도 그리던 농구화에 눈독을 들인다. 신경이 날카로워지기 시작하려고 한다. 판매원 아가씨가 다가온다. 천사같이 웃는 얼굴. 240사이즈(열두 살 나이에, 내 딸의 장래가 기대된다) 상자를 찾아온다. 딸아이는 발을 밀어 놓고 끈을 매어본다. 발을 굴리보고, 걸어보고, 뛰는 시늉도 해보고, 말하자면 상당히 능동적인 자세로 운동화를 테스트해본다. 괜찮아 보인다. 제발 괜찮아라…….

"그걸로 할까?"

"오른쪽 발은 꼭 맞는데……."

그래, 그렇게만 나가라!

"근데, 왼쪽 발이 좀 아파." 그러면 그렇지!

"이걸루 245사이즈 있어요?"

"찾아볼게요."

기도하는 심정. 아가씨가 상자를 들고 온다. "245는 없네요. 다른 모델로는 있는데." 그녀가 딸아이에게 농구화를 신겨 보인다. 딸들은 둘 다 마음에 안 들어 한다. 난, 마음에 든다. 내 마음엔 든다. 아가씨가 체념한 얼굴로 우리를 바라다본다. "죄송합니다."

"나도 속상해요."

다음엔 4층에 있는 재킷 외투 코너로 올라간다. 난 초장부터 맥이 빠졌다. 딸아이가 재킷을 하나 입어본다. 잘 어울린다. 용기를 내어 입 밖으로 표현한다.

"그렇긴 한데, 파스칼 거랑 거의 똑같아."

"여기 있는 재킷들 다 비슷비슷한데."

"아냐. 난 라인이 좀 많이 들어간 걸로 입을 거야."

이리저리 뒤지다가 흰색과 검은색으로 체크무늬가 있는 재킷을 하나 꺼내 보인다. 딸아이는 싫다고 고갯짓을 해 보인다. "청바지랑은 안 어울리겠어."

다시 한 번 살펴보고 스포티해 보이는 감청색 재킷을 골라낸다. 딸애는 얼굴을 찌푸린다. "원피스랑은 같이 못 입겠는데."

나는 깜찍하면서도 고급스러워 보이는 베이지색 재킷을 찾아낸다. 딸애는 가격표를 쳐다본다. "엄마, 이거 얼만지 알아?"

그래, 안다. 너무 비싸서 속이 쓰리다. "너만 좋다면야, 비싼 게 문제겠니."

딸아이가 받아 입어본다. "글쎄, 생각보다 안 예쁘네."

재킷이란 재킷은 한 번씩 다 입어봤을 거다. 하나도 마음에 드는 것이 없단다. 옷가게를 나서는데 파김치가 된 기분이다. 사철 바겐세일이라고 써 붙여놓은 옷더미에서 작은딸에게 어울릴 만한 추리닝이 하나 눈에 띈다.

"쟨, 저런 옷 수도 없이 많잖아." 언니가 못마땅한 소리를 하고 나선다. "내가 작년에 입던 것도 재 줬는데."

"그래, 쟨 그런 것만 입잖아. 이건 값도 안 비싼데 뭐!"

동생은 이것저것 입어보지만 결정을 하지 못한다. 내 마음대로 할 생각은 없다. "흰색으로 하렴. 너한테 잘 어울리던데." 아이는 흰색을 다시 입어본다. 언니는 속이 부글부글 끓는다. 노골적으로 싫은 얼굴을 하고 있다. 흰색을 산다. 열두시가 다 되어간다.

"왜 그러는 거니, 너?"

아차, 실수. 엎질러진 물을 주워 담을 수도 없고. 아니나 다를까. 드디어 터진다. "엄만, 몰라서 그래? 내 건 하나도 안 샀잖아. 하나도! 난 속옷부터 다 사야 된단 말이야! 팬티 하나도 제대로 입을 게 없는데!"

나는, 저 아이에게 얼른 뭐라도 하나 사주지 않으면 재미가 없을 것이라는 걸 직감적으로 알아차린다. 그것도 빨리. 애들을 데리고 속옷 코너로 간다. "골라봐!"

딸아이는 팬티 몇 장과 브래지어 두 개를 집어든다.

이제 마음이 좀 풀리나 보다. 긴장완화. 다음엔 티셔츠를 보러 간다. 딸아이는 분홍색을 집어든다. 보아하니 순면이 아니고 아크릴이 50퍼센트 섞여 있다. 합성섬유를 못 참는 내가 말한다. "그런 거 순면으로 된 게 있는지 한번 찾아보자."

딸아이는 밥맛이라는 듯(나 때문에) 들었던 티셔츠를 탁 내려놓는다. 또다시 긴장.

"점심 먹을까?"

"응!" 작은딸이다.

큰딸은 그러지 뭐 하는 표정으로 나를 쳐다볼 뿐. 그래, 레스토랑에 따라와주시는 것만 해도 황송해서 눈물이 날 지경이구나.

"먹으면서 좀 쉬자. 뭐 먹고 싶니?"

"감자튀김!" 작은딸.

"에이, 싫어!" 큰딸.

"샐러드 잘하는 집 있는데 거기 갈까?"

"싫어!" 만장일치.

"중국 식당은 어때?"

"웩!" 작은딸.

"너희들 피자 먹고 싶니?"

"괜찮겠다." 그러기로 한다.

시내 한복판에 있는 '모퉁이 카페'로 간다. 이 집 피자 맛은 기가 막히다. 딴 데랑 비교가 안 된다. 모르긴 해도 세계에서 제일 맛있을 것이다. 이 집은 나름대로 격조 있는 표현을 동원해 피자의 미학을 펼친다. 종잇장처럼 얄팍하지만 바삭바삭하고도 탄탄한 빵반죽. 그 위에 펼쳐지는 절묘한 맛의 파노라마. 큰 피자, 큰 만족.

소탈하면서도 싹싹한 여주인이 메뉴판을 가지고 온다. 내가 시키는 건 정해져 있다. 아이들도 마찬가지다. 아무 문제가 없다.

"자, 뭘로 하실까요?" 연필을 손에 든 채 그녀가 묻는다.

"난, 마르그리타로 주세요."

"저두요. 근데 치즈는 넣지 마세요." 큰딸아이가 말한다.

"피자에다가 치즈를 안 넣어요?" 여주인은 한 방 맞은 기분인가 보다.

"왜요, 불가능한가요?" 딸애가 꼬치꼬치 따진다.

"불가능한 게 아니라 맛이 없죠!" 딱하다는 말투다.

"아니에요, 난 그런 게 좋아요."

"음, 그럼 토마토랑 올리브유를 좀 많이 넣죠."

"그래주세요."

작은딸은 바질향 소스를 넣은 파스타를 주문한다. 근데 바질은 넣지 말란다. 여주인이 이상한 눈으로 흘깃 쳐다본다. 도대체 내가 애들을 어떻게 길렀기에 이 모양이지? 치즈 빼고, 바질 빼고, 왜 이렇게들 삐딱할까. 국가의 수치다. 지역의 수치다.

이 집 사람들은 손님들에게 맛있는 음식을 제공하는 데에 긍지를 느끼는 사람들이다. 우리를 마음에 안 들어 하고 있다. 그럼에도 불구하고 내 딸들은 저희들이 주문한 기형적인 요리를 맛나게 먹고 나온다.

진스빌에 가더니 딸애는 청바지를 한아름 안고 탈의실에 들어가서 안 나온다. 첫 번째 청바지가 나온다. 나는 목을 빼고 기다린다. 두 번째 바지가 나온다. 생각지도 못했던 행동이다. "입은 거 안 보여줄 참이니?" 나도 할 일이 있어야 될 것 아닌가.

"마음에 드는 게 있으면 입고 나갈게."

"입은 거 다 보여줘야지."

다음번 청바지를 입고는 나를 부른다. 나무랄 데가 없다. 게다가 이 가격이면 안 살 이유가 없다!

"아냐, 여기가 좀 더 꼭 끼어야 돼." 딸아이는 제 허벅지를 가리키며 말한다. 글쎄, 1밀리라도 더 차이가 있을 수 있을까.

다른 걸 가져와서 입어본다. 나무랄 데가 없다. 아까 거랑 꼭 같다. "예쁜데." 하고 말해준다.

"아냐, 여기가 좀 더 꼭 끼어야 돼." 딸아이는 제 장딴지를 가리키며 말한다.

또 다른 걸 가져와서 꿰찬다. 나무랄 데가 없다. "이걸로 할까?" 되는대로 말해본다.

"아냐, 커팅이 맘에 안 들어."

딸아이는 온갖 청바지를 다 입어본다. 벨트가 맘에 안 든다, 주머니가 밉다, 너무 꼭 낀다, 너무 안 낀다, 혹은 너무 길다, 너무 짧다. 내가 보기엔 눈곱만한 차이도 없다. 난 지친다. 딸애는 화가 나서(나 때문에) 죽으려고 한다. 내가 도대체 판별력이 없다는 것이다. "엄마는 이렇게 형편없는 옷이 어떻게 나한테 어울릴 수가 있다는 거야?"

"다 너한테 잘 어울려. 진짜 내 속마음을 말하라면 말이지, 근데, 여기 있는 거 다 합해도 네 옷장 속에 든 것만 못하다."

"엄마는!" 우리의 고3은 다음과 같은 불쌍한 낱말만 잔뜩 주워섬기며 자신의 처참한 의상 수준에 대해 발표를 시작한다. 구멍 난, 뜯어진, 올이 풀어진, 가장자리가 너덜너덜해진, 낡은, 유행 지난, 썩어빠진, 곰팡내나는, 입을 수가 없는. "그따위 옷 입고 나가려면 차라리 죽고 말겠어."

"그렇지만 아주 새 옷도 있잖아!"

"예를 들면?"

"파란색 골덴 치마는 한 번도 안 입었던 거잖아!"

"그걸 어떻게 입어!"

"네가 사자고 그래서 샀잖아."

"실수였어."

"면 남방은 다 어쩌구?"

"엄마 때문에 할 수 없이 샀지. 난 남방은 싫어."

"청바지도 열 개는 되겠더라."

"이제 안 맞아."

"아주 입고 꿰매지 않는 다음에야 어떻게 너한테 꼭 맞는 청바지를 만들어낼 수가 있겠니!"

"맞고 안 맞고는 내가 알지, 엄마가 어떻게 알아. 알지도 못하면서 괜히 난리야."

"그래, 그래, 더 찾아다녀보자." 작은딸은 지겨워 죽으려고 하고 나는 기운이 다 빠져버렸다. 온몸이, 뼈 마디마디가, 바늘 끝 같은 신경이 다 피곤하다는 신호를 보내온다. "빨리 사고 집에 가야 될 것 같다."

네시 반이다. 낭패감이 딸아이 얼굴에 씌어 있다.

"난 아직 아무것도 안 샀잖아!" 울상을 하는 딸아이.

"아냐, 하루 만에 어떻게 다 사니. 그래도 팬티랑 브래지어는 샀으니까 발가벗는 건 면했잖아?"

무자비한 인상.

살아남으려면 뭐라도 사주는 게 안전할 것 같다. 하지만 살아남을 것 같지가 않다. 그냥 포기해버릴 수도 있을 것이다.

단박에 다시 티셔츠 가게로 가서, 참으로 다행히도, 분홍색과 노란색 티셔츠를 건진다. 이제 약간 잠잠해졌다.

더 이상은 나도 못 참겠다. 이제 집에 들어가서 저녁 준비할 시간이다. 나는 협상을 제안한다. "나 먼저 들어갈게. 너희들끼리 더 다녀봐. 너 돈 가진 거 있니?"

"응."

"그럼, 과소비라고 판단되지 않는 한도 내에서 네가 쓰는 돈 나중에 다 갚아줄게, 됐지?"

"알았어."

휴전을 선포한 뒤 아이들끼리 놓아둔다. 한 짐 덜어놓은 날아갈 것 같은 기분에 집에까지 올 기운이 생긴다. 깎고, 썰고, 다지고, 정리정돈. 무얼 해도 딸들이랑 쇼핑 다니는 것보다는 덜 힘든 것 같다.

저녁 준비가 거의 다 되어갈 무렵 아이들이 까불거리면서 들이 닥친다. 치마 하나, 스웨터 하나, 농구화, 반장화, 스카프, 그리고 믿기지 않지만 진짜 청바지도 하나 사가지고 왔다. 어떻게 된 걸까? 나 때문에 불편했다는 얘긴가?

　돈을 다 물어주겠다고 했다. 스카프값만 빼고. "스카프는 실컷 샀잖아! 쓸데없는 걸 왜 또 사니." 그래도 아무렇지 않은가 보다. 딸애는 날아갈 것 같은 발걸음으로 상큼하게 제 방으로 올라간다.

　모델처럼 새로 산 스웨터와 치마를 입고 나타난다.

　"아주 잘 어울리는구나." 기분이 썩 좋다.

　딸애는 다시 오르락내리락하면서 청바지를 입고 와 보인다. 아까 입어보던 것과 뭐가 다른지 모르겠다. 딸애는 제가 사온 청바지를 꼼꼼하게 뜯어본다. 주머니에 손을 넣어보고, 거울을 본다. 마음에 안 들어 한다. 더럭 겁이 난다. "너무 예쁘다, 얘."

　"왜 이렇게 된 거지? 아까 가게에서 입어볼 때는 그렇게 좋아 보였는데, 지금 보니까 나한테 안 어울리네. 안 되겠어."

　"뭐가 안 돼, 잘만 어울리는데."

　"아냐, 어울리긴 뭐가 어울려!"

　"그럼 가서 바꿔라."

　"그래봐야겠어."

　딸애는 기분 나쁘고 속상한지 맥빠진 모습으로 제 방으로 올라간다.

　남편이 들어온다. "오늘 하루 잘 지냈어?"

　"부탁이야, 제발 묻지 말아줘. 나 좀 살자."

"왜 그래?"

"애들이랑 쇼핑을 나갔었어." 이 한마디로 그는 충분히 무슨 얘긴지 알아듣는다.

"왜 그랬어?"

"사야 할 게 너무 많대."

"또?"

"옷은 입혀서 키워야 될 거 아냐!"

"옷이고 뭐고 애들 짐이 얼마나 많아, 집이 비좁을 지경인데."

"그렇긴 하지만 유행이라는 게 있잖아."

"난 그런 거 관심 없어."

사실은 나 자신도 찬성할 수 없으면서도 나는 일련의 용어들(구멍 난, 썩어빠진, 낡은)을 사용해가며 딸아이의 논지를 옹호해야 할 순간이다.

쓸데없는 옷가지들을 사들인 데에 대한 변호를 나는 제대로 해내지 못한다.

과소비를 용납할 줄 모르는 남편이 구시렁거린다. "난, 이해 못해."

미니스커트와 스웨터, 반장화를 차려입은 딸아이가 바비 인형 같은 모습을 하고 나타난다. 이 아이를 알고 있는 나는 부르르 떤다. 저녁식사의 많은 부분이 이 새 옷 위에 가서 떨어질 것이다.

"아빠, 안녕!" 그도 자기 귀로 분명히 들었다. 딸애가 인사를 다 했다. 그는 그만 지고 만다. "아빠, 이 치마 예뻐?"

"아주 예쁘구나!" 심판관 말씀.

나는 재미있다는 눈초리로 그를 쳐다보며 눈으로 묻는다. "이제야 알겠지, 내가 왜 그랬는지?"

그가 웃는다.

## 영화 보러 갈 때 입을 옷을
## 오늘 꼭 사고 말 거야

다른 애들이 다 입고 다니는 좋은 청바지가 나도 필요하다.
청바지 고르는 데에는 나 나름대로 기준이 있다. 위는 꽉 끼어야 하고 밑은 좀 짧아야 한다.
물도 적당히 빠진 색깔이어야 하고. 유행은 중요한 것이다.

됐다! 엄마가 된다고 그랬다. 드디어 쇼핑을 가게 되었다. 어휴, 다행이다. 죽어라고 청치마만 입고 다닌 게 벌써 한 달째다. 다른 애들 다 입고 다니는 좋은 청바지가 나도 필요하다. 청바지 고르는 데는 나 나름대로의 기준이 있다. 위는 꽉 끼어야 되고 밑은 좀 짧아야 된다. 물도 적당히 빠진 색깔이라야 하고. 계산대에 가서 나를 위해 새로 산 옷값을 계산하는 순간을 눈에 그려보며 즐거운 꿈을 꾸고 있는 중이다, 지금.

유행은 중요한 것이다. 유행에 맞는 옷이라는 것이 소비사회의 결과물이라는 것을 인정하는 나는 스스로가 그 결과의 희생물이라는 것에 자발적으로 동의한다. 옷을 제대로 차려입어야 몸과 마음이 다 편하다. 옷은 내 신체적인 결함을 가려줄 수 있는 제2의 피부다. 콤플렉스여 안녕. 내 피부가 군중의 찬탄을 자아내지 못한다고 해도 내 제2의 피부는 뭇사람들의 시선을 끌 수 있을 것이다.

그러나 우리 엄마 같은 엄마 밑에서 살면 꿈을 꿀 수가 없다. 엄마는 필요 이상으로는 1상팀이라도 쓰는 걸 지독히 싫어한다. 그런데 엄마랑 나랑은 '필요'라는 것의 개념이 다르다.

자, 백화점으로 돌격! 무엇무엇을 사야 하는지 미리 다 생각해 두었음에도 불구하고 머릿속이 복잡하다. 일단 가고 보자! 출발! 첫 번째 가게. 별 볼 일 없음. 두 번째 가게. 멋있다. 내 마음에는 다 드는데, 우리 엄마는 마음에 안 들어 하신다. 곁다리로 따라온 동생 마음에도 안 든다. 멋있다고 탄성을 지르고, 너무 필요한 물건이라는 걸 암시하며 불쌍한 척도 해보고, 갖고 싶다는 암시를 해봐도 소용이 없다. 꿈쩍도 안 한다! 역겹다. 글쎄, 상가 쪽에 가면 가격이 엄마 수준에 맞을지도 모르지. 그것도 모르는 일이야. 엄마는 일차대전이 일어나기 전 시절 가격들에 대해 향수를 지니고 있는 것 같다. 그래서 꼭 할머니처럼 이렇게 말하는 때가 많다. "요샌 뭐든지 너무 비싸."

내 돈을 가지고 나왔다. 그리고 가격을 불문하고 살 건 사야겠다는 단단한 각오가 서 있다. 내일, 남자애들이랑 영화를 보러 가기로 했다. 입고 나갈 만한 옷을 오늘 꼭 사고야 말겠다.

좋아, 다음. 아니, 이게 뭐야……. 두 시간 동안이나 신발가게, 스포츠용품 코너를 돌면서 시간만 질질 끌고 있다. 동생은 농구, 핸드볼, 크로스컨트리, 수영 등 도대체 스포츠에는 전혀 관심을 보이지 않는 우리 가정에 기현상을 일으키고 있는 장본인이다. 엄마는 이 아이에게 스포츠용품 일체를 갖춰주면 나아질 거라고 생각하는 모양이지. 이틀에 한 켤레씩 새 농구화 사주고, 추리닝도 수백 개씩 사주고 반바지도 실컷 사주고…… 나한테는 전혀다. 나는 진열장 앞에서 군침만 꿀꺽꿀꺽 삼킨다. 원피스, 치마, 바지 자꾸 입어보자니 땀방울이 송골송골 맺힌다. 우리 엄마한테는 다 너무 비싸다.

엄마는 내게 팬티와 브래지어를 사준다. 그걸로 내가 입이 찢어지기라도 할 줄 아는 모양이다. 어림없다. 난 기운이 안 난다. 스웨터도 하나 안 사고, 바지도 없고, 원피스도 없고.

편안히 먹으면서 잠시 잊고 싶지만 나 때문에 엄마가 편치 않은 게 눈에 보인다. 피자를 주문하면서 치즈를 넣지 말라고 했던 것뿐인데 내가 무슨 스캔들이라도 일으켰다는 기세다. 치즈를 싫어하는 게 내 잘못인가? 아기 때부터 치즈를 안 먹였으니까 그렇지. 엄마는 붉은무절임을 싫어한다. 그렇지만 그게 말썽이 되는 일은 한 번도 없었다.

나는 알고 있다. 엄마가 쓰러지기 일보직전이라는 것을. 엄마는 동생과 둘이 알아서 해보라고 하면서 먼저 들어간단다. 그러면서도 돈은 한 푼도 안 준다. 내 돈 600프랑을 가져왔기에 망정이지.

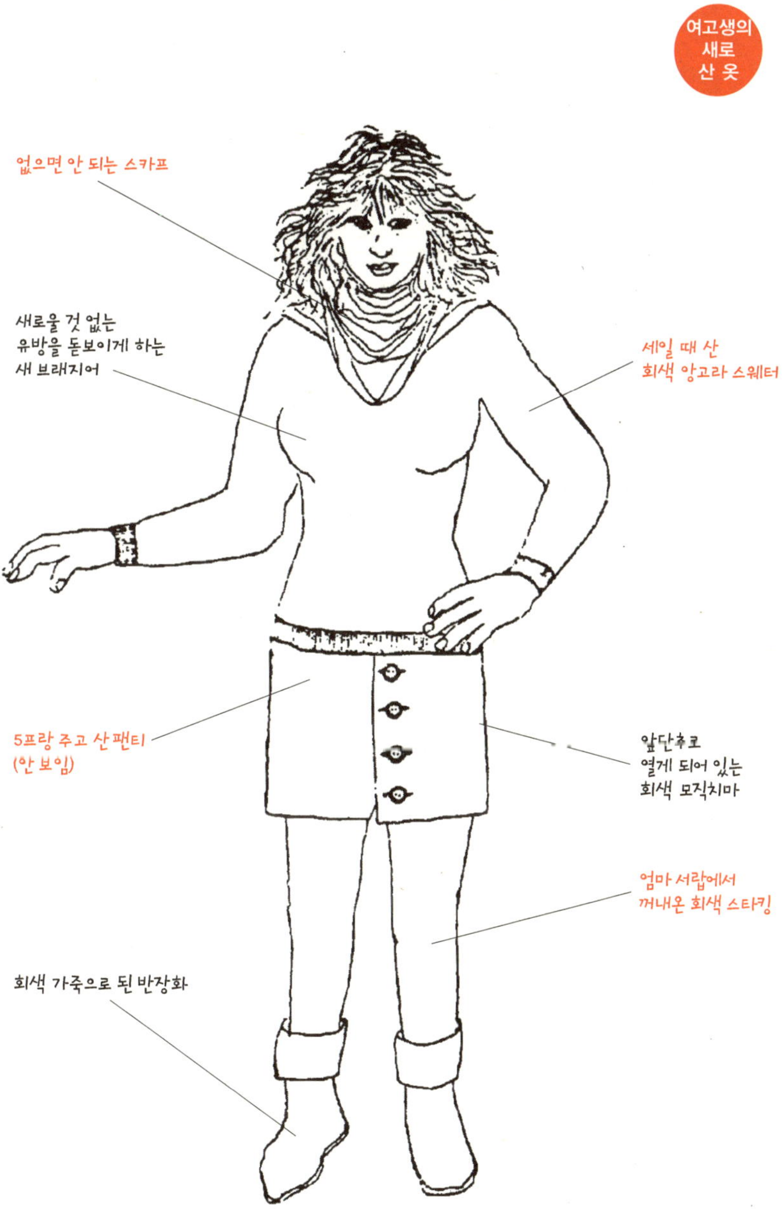

여고생의 새로 산 옷

- 없으면 안 되는 스카프
- 새로울 것 없는 유방을 돋보이게 하는 새 브래지어
- 세일 때 산 회색 앙고라 스웨터
- 5프랑 주고 산 팬티 (안 보임)
- 앞단추로 열게 되어 있는 회색 모직치마
- 엄마 서랍에서 꺼내온 회색 스타킹
- 회색 가죽으로 된 반장화

열 발짝이나 떼어놓았을까 싶은데 파스칼을 만난다. 옷 고르는 감각이 뛰어난 애다. 신난다는 듯이 나를 끌고 다닌다. 한 시간 후, 나는 의상 준비 확실하게 끝낸다.

동생도 싱글벙글이다. 내가 산 옷이 다 자기한테도 맘에 들기 때문이다(우리 둘이는 체격이 같다). 보나 마나 빌려 입을 꿈을 꾸고 있는 중이다. 얘야, 집에나 빨리 들어가자. 쇼핑백 꾸러미를 보더니 엄마가 기절초풍을 한다. 청구서가 얼마나 될 건지 속으로 계산하고 있는 중이다!

이제 패션쇼 시작. 엄마는 말할 것도 없이 죄다 마음에 들어 한다. 어디 가서 이 값에 이만한 물건을 사겠는가. 그러나 난 좀 속은 기분이다. 회색 치마가 색깔이 너무 옅고, 스웨터는 진짜 앙고라가 아니며 반장화는 진짜 가죽이 아니다. 게다가 청바지도 나한테 그렇게 잘 어울리지는 않는 것 같다.

이럴 수가!

부티나지는 않겠지만 그래도 어쨌든 입을 건 생겼다. 나는 있는 옷을 잘 배합해서 멋을 연출하는 솜씨가 있는 사람이니까. 특히 유행 지난 패션을 이용해서. 이젠 창고에서 할머니 옷장 뒤져보는 일만 남았다.

다음 쇼핑은 언제지?

# 도대체 시험은
# 우리 둘 중에 누가 보는 거야?

시험은 딸아이가 볼 건데 내가 왜 이렇게 속이 울렁거리지? 살갗에 소름 돋는 것 좀 봐.
말하자면, 내 말이 처음으로 전국 경마대회에 나가는 것 같은 기분이다.
내 말이 잘 달린다는 것은 알고 있다.
그렇다고 대학 입학 자격시험에 합격한다는 보장은 없다. 시험은 쳐봐야 한다.

난, 랭보니 보들레르니 베를렌이니 하는 이름들을 들으면 우울해진다. 내게는 이 이름들과 함께 보냈던 시절의 기억이 잃어버린 천국에 대한 노스탤지어와도 같다. 그 많은 시간은 어디로 사라진 걸까 하는 회한이 가슴을 저민다. 그러나 딸아이는 반대다. 국어시험 예상문제를 내게 내보이며 방바닥이 무너져라 한숨을 푹푹 내쉬면서 처량한 꼴을 하고 있다.

나는 흘깃 한눈에 훑어보고 소리내서 읽는다.

"몽테뉴, 현기증 : 나로 말할 것 같으면, 그러므로, 인생을 사랑한다. 명언이네 이거!"

"명언은, 명농담이지!" 딸아이는 소리를 꽥 지른다.

내친김이다. "파스칼, 상상력 : 좋은 때다!" 꿈에 잠기듯 음미하는 나.

"지겨워 죽겠어!" 역겨운 듯이 내뱉는 딸아이.

나는 계속한다. "몽테스키외 : 프랑스의 풍속과 관습. 18세기 사회 들여다보는 것도 재미있겠는데."

"재미? 누굴 위한 재미?"

다음에 나오잖아. "볼테르, 춤(자디그. 행복에 대한 새로운 개념을 열어 보여주는 볼테르의 작품 《자디그 혹은 운명》의 주인공 이름 - 옮긴이). 이건 너도 관심 있지 않니, 춤 얘긴데?"

"춤추는 건 관심 있지…… 그렇지만 볼테르랑은 아냐!"

"루소 : 인간 불평등 기원론. 너처럼 옳고 그른 거 따지기 좋아하는 애가……."

"언젯적 얘긴데!"

"디드로 : 인간의 감각이 정신에 미치는 영향은 어디까지인가. 이건 한번 열올려볼 만한 주제인걸!"

"디드로 같은 남자한테 안 걸리려면 그래야겠지!"

19세기에 이르자 낙관주의자가 된 말투로 묻는다. "너, 샤토브리앙, 빅토르 위고, 라마르틴, 뮈세, 네르발 이런 사람들 싫어하지 않지?"

"좋아하지도 않아!"

겁먹은 기분으로 나는 신성한 땅에 다가선다.

"설마, 보들레르, 랭보, 베를렌을 싫어한다고는 말 못 하겠지."

"아직 거기까지는 안 했어."

"휴우!"

"치, 그까짓 게 다 뭐가 재미있다고……."

"꼭 웃어야만 재미있는 건 아니잖니."

"그 죽은 사람들 생각만 하면서 일 년을 보내야 하다니……."

"그들의 글은 살아 있어."

"그 사람들 생각하면서 끝도 없이 시간을 보내야 되니까 그렇지!"

"얘, 그렇다고 그 사람들하고 아주 같이 살라는 건 아니잖니."

딸아이는 화가 나서 미치겠다는 듯이 팩 토라져서 나가버린다. 나의 유머감각이 통하지 않는다고 생각될 때는 언제나 저런다. 그러나 딸애는 조금 있다가 부메랑처럼 되돌아온다. 책을 한 권 들고 와서 은근한 목소리로 말을 건다. "이 책 읽고 엄마 생각이 어떤지 말해줄 테야?" 하고 싶지 않다. 난, 대학 입학 자격시험 다 치렀다! 딴 일 할 게 많다. 정신집중이 잘 안 된다. "엉터리로 가르쳐주게 될까 봐 겁난다. 이따가 아빠한테 물어보렴."

"잠깐 읽고 엄마 나름대로 해석해주면 되잖아!" 아이는 나를 밀어붙인다. 별수 없지, 해봐야지. 작가가 전하려고 하는 것 같은 내용을 나름대로 정리해서 말해준다. 딸애는 고개를 살래살래 흔든다. "아냐, 그게 아냐." 이제 제 아빠한테 물어보겠지.

또 나타났다. "이 책에 나오는 거, 이게 무슨 말인 거 같아?" 그걸로 끝이 아니다. 내가 일 마치고 침대에 잠시 누워 쉬려고 하는데 톡 튀어나온다. 집배원이 우편함에 편지를 놓고 가듯 자기 책들을 내 곁에 갖다놓고 가버린다. 딸애더러 그 사람들하고 아주 함께 살라는 것도 아닌데 뭘 그러냐고 그랬는데 나는 함께 자야 하게 생겼다!

도대체 대학 입학 자격시험은 우리 둘 중에 누가 보는 거지? 딸애가 보는 거다. 딸애가 전화통을 붙들고 프랑스 문학에 나오는 테마와 상징들을 맴도는 주제로 장시간 대화를 나누는 소리가 간간이 들리는 것만 봐도 알 수 있다. 내가 전화를 받을라치면 급하게 딸애를 바꿔달라는 주문이다. 저렇게 다급한 소리는 보통은 불이 나거나 홍수가 나거나 어디가 고장났을 때나 들을 수 있는 소리다.

남편은 계속해서 신경이 날카로워져 있다. 내가 진정을 시킨다. 희생하지 못할 게 뭐가 있겠는가…… 대학 입학 자격시험을 위해서라면!

딸애는 속물이 되어간다…… 문학적 소양이 있는 사람하고만 대화를 하려고 든다. "금요일 저녁에 드니즈와 알랭 초대했어." 하고 일러주면, "엄마, 제발 부탁이야. 몽테뉴에 대해서 내가 뭔가 좀 배울 만한 사람들을 초대해줘!" 그럼 드니즈는 내년에 초대해야 된다. 그녀는 수학 선생이다.

스테판이 파리에서 우리를 만나러 온다. 요새는 "안녕, 어떻게 지내?"가 아니라 "안녕, 나한테 랭보에 대해서 뭐 해줄 말 좀 없어?"가 인사다. 딸애는, 16세기, 17세기, 18세기, 19세기에 대해

그가 아는 것을 다 쥐어짜 내놓을 때까지 스테판을 자기 방에 가두어놓는다.

시험이 두 주 앞으로 다가오자, 딸애는 못으로 박아놓은 것처럼 책상에 붙어 있다. 그러고 앉아서 뭘 하는지 모르겠다. 충고를 해본다. "긴장 풀어! 참고서에 씌어 있는 주석을 달달 외우는 것보다는 슬슬 읽으면서 자기 느낌을 살리는 게 중요해." 나의 충고는 인정받지 못한다.

시험이 일주일 남자, 딸애는 심혈을 기울여서 구두시험 때 어떤 차림을 할 것인가를 고민한다. 얌전한 여름 원피스, 비치지도 않고, 너무 짧지도 않고, 너무 꼭 끼지도 않는 걸로, 수수하게. 시험 보러 오라는 통지서를 받아왔다. 정식 통보. 딸애는 진짜 대학 입학 자격시험을 보게 되었다.

시험은 딸아이가 볼 건데 내가 왜 이렇게 속이 울렁거리지? 살갗에 소름 돋는 것 좀 봐. 왜 이렇게 가슴이 뛰지? 이게 진짜 내 가슴인가?

말하자면, 내 말이 처음으로 전국 경마대회에 나가는 것 같은 기분이다. 내 말이 잘 달린다는 것은 알고 있다. 그러나 과연 등수 안에 들 수 있을까? 딸아이는 언제나 우등생이었다. 학교에 갈 때마다 선생님들한테서 칭찬 세례를 받았다. 그렇다고 대학 입학 자격시험에 합격한다는 보장은 없다. 시험은 쳐봐야 한다. 붙을지 안 붙을지를 엄마라고 미리 알 수는 없다. 태어나서부터 줄곧 제 아빠(그리고 제 엄마)와 학교 때문에 주눅이 들어 있던 딸아이는 자신감이 별로 없다.

남편이 아이를 시험장에 데려다준다. 나는 데려다줄 수가 없다. 신경이 너무 날카롭다. 이 지방 사람들이 다 그러듯이 나도 딸아이에게 "에이, 거지 같네!" 하고 말해줘야 할 것 같다.

그러나 나는 엄숙하게 말한다. "정신 똑바로 차리고, 딴생각하지 말고. 넌 똑똑한 애니까 잘할 거야. 침착하게 치면 돼!"

"이제 다 한 거야?"

딸아이가 이렇게 여유 있는 게 얼마나 다행인지 모르겠다.

아이를 데리러 가는데 차를 안 타고 걸어간다. 의식을 치르는 기분으로 천천히, 생각에 잠겨서. 학교 마당은 벌써 수험생들로 가득 차 있다.

초조하다. 애타는 마음으로 딸을 기다린다. 날 보고 웃느냐, 안 웃느냐? 그것이 문제로다. 딸아이 친구들이 보인다. 돌진. "시험 잘 봤니?"

"네, 잘 봤어요."

"어디, 문제 좀 보여줄래?" 딸아이와 같은 반 친구 하나가 문제를 보여준다. 한눈에 주욱 훑어본다. 벌써 딸아이가 무슨 문제를 택했을지 알 것 같다.

나오는 사람들이 끊이지 않는다. 떼거리로 모여든 젊은 아이들…… 더 이상 젊지 않은 나. 이 애는 일부러 맨 꼴찌로 나올 심산인가.

딸아이가 나타난다. 영원한 나의 희망, 나의 위신, 나의 자랑, 나의 영광. 세상으로 보내는 나의 편지, 내 딸은 문제지와 연습지를 움켜쥐고 나오고 있다. 아, 이렇게 고마울 수가, 딸아이가 내게 웃어 보인다.

"어땠니?"

"말도 마, 쓰느라고 팔 아파서 죽는 줄 알았어! 얼마나 길게 썼는지 몰라."

"어떤 문제 골랐니?"

"3번."

"그럴 줄 알았다니까! 잘했다."

딸아이가 친구들에게 물어본다. "넌 어떤 문제 골랐니? 뭐라고 썼는데?" 기타 등등. 나는 애들끼리 얘기하는 것을 물끄러미 바라본다. 다들 기분이 좋고, 똑똑해 보이고, 자신 있어 보인다. 그렇다 보니 행복이라는 게 평가절하되는 것 같다. 그렇다고 샴페인 한 병 터뜨리지 말라는 법은 없다.

구두시험은 훨씬 어렵다. 그렇지만 우리는 해낼 것이다. 구두시험을 치고 돌아오는 딸애는 비교적 기분이 좋다. 자기가 썩 참아줄 만하다고 생각하고 있는 베를렌이 걸렸단다. 주저없이 공격했단다. 드디어 해냈다. 대학 입학 자격시험에 맞서서 싸우던 작은 투사, 나의 딸.

이제 결과를 기다리는 일만 남았다. 맥이 빠진다. 한 달, 칠월 말부터 치면 한 달 반을 꼬박 기다려야 하기 때문이다. 팔월 말, 아무 소식이 없다. 구월 중순, 인내심이 한계에 이른다. 구월 말, 컴퓨터에 문제가 생겼다는 소식. 시월 초, 공격적이 된다. 교육부는 하필 우리 딸 시험 칠 때 성적처리 전산화 작업을 시작할 게 뭐란 말인가. 컴퓨터는 우리 딸 대학 입학 자격시험 칠 때 골라서 고장날 건 또 뭔가. 화가 치민다. 시월 중순, 나는 행동 개시를 할 채비를 한다. 딸아이에게 일러둔다. "교육부에 네가 직접 가서 확인해봐야겠다." 딸아이는 겁을 집어먹는다.

기다리는 동안, 딸은 학교에서 매일같이 전화를 걸어온다. "성적표 도착했어?" 매번 나는 아이를 실망시켜야 했다. "내일은 올지도 몰라."

게다가 우편물 분류 부서에서 파업을 하는 중이라고 한다. 그런데도 딸아이는 계속 전화를 걸어온다. "우체국이 파업이라는데 어떻게 오겠니." 하고 설명해준다. 이 나이에도 아직 기적을 믿는 아이다.

어느 수요일, 딸아이가 집에 있다. 용기를 내서 아이에게 훈계를 늘어놓는다. "전화해봐. 결과가 어떻게 나왔느냐고 다잡아서 물어봐. 안 되면 안 된다고 하겠지."

아이는 망설이고 나는 재촉하고. 자극하고 부추긴다. "말도 안 돼. 자기 점수는 자기가 알아야 되는 거 아니니. 전화해서 어떻게 된 거냐고 따져!"

딸아이는 드디어 일어선다. 전화기를 집어든다. 시험 관리 부서를 바꿔달라고 말한다. 침착하게 상황 설명을 한다. "시험점수를 알고 싶습니다. 우체국이 파업 중이라서요."

"이름이 뭐지요?" 딸아이가 이름을 댄다.

"시험관은요? 무슨 시험이었지요?" 대답.

"잠깐만 기다리세요. 찾아드리겠습니다." 귀를 의심할 지경이다. 전화기를 연결해놓고 나도 같이 듣고 있는 중이다. 신경이 곤두선다. 저 아이를 낙심시키지 말아야 하는데. 파업이 시작되기 전에 성적표를 받은 몇몇 아이들의 점수는 생각보다 훨씬 낮았다.

"어디 봅시다!" 여자가 사무적인 말투로 시작한다.

"네?"

"필기시험 70점, 구두시험 70점입니다."

"다시 한 번만 말씀해주실래요?"

그녀가 반복한다. "필기시험 70점, 구두시험 70점."

나는 뛸 듯이 기쁘다. 그만한 점수면 됐다. 우리 착한 딸이 해냈다. 자랑스럽다. 그간의 우리 노력은 헛되지 않았다. 70점짜리 쌍둥이 점수를 남편에게 보고하고 싶어서 안달이 날 지경이다. 그러나 정작 그의 반응은 나처럼 열렬하지 않다. 언제나 80, 85, 90 이런 점수만 받아본 그는 "난 그 나이 때에……." 한다. 그래도 그는 만족한다, 한시름 놓는다.

자, 이제 푸른 신호등이다. 다음 정거장은 폴리테크니크(우수한 학생들만 모이는 이공계 특수대학 – 옮긴이).

# 기적이 일어나
쌈박한 답안을 쓸 수 있지 않을까?

나는 덜덜 떨면서 시험장으로 다가간다. 차갑고 표정 없는 이 회색의 건물.
조금만 있으면 우리는 그 속에서 감독관의 감시의 눈길을 받으며,
나누어 받은 시험지 위에 우리 영혼의 일부를 쏟아놓고 나올 것이다.

학기 초에는 너무 먼 일같이만 느껴진다. 게다가 국어라는 건 그렇게 어려운 과목이 아니다. 우리 모두 매일매일 국어로 말하고 글을 쓰지(맞춤법이 조금씩 틀리기도 한다는 말은 해두어야겠다) 않는가 말이다. 그러나 그 많은 작가들을 다 알아야 하고, 이해해야 하고, 연구해야 한다는 건 정말 별개의 문제다. 내가 정말 좋아하는 작가도 있지만 너무 싫은 작가도 있다. 그런데 그 작가들 작품을 읽고 또 읽고 또 읽고 해야 된다는 건 정말 지겹다. **어떤 사람들은 연구를 너무 많이 하느라고 생각할 시간이 없다.**

필기시험은 별로 문제가 없을 것이다. 국어성적은 언제나 좋았다. 내 자랑 같아서 말하기가 좀 그렇지만, 나는 창의적인 생각이 풍부한 여자애인 것 같다. 내 생각엔 문체가 좀 약한 것 같다. 내 마음에 있는 대로 글이 써지는 적이 한 번도 없었다. 그러나 여섯 살 때부터 나는 수천 권의 책을 읽어왔으므로(하루에 두 권에서 다섯 권까지 읽은 때도 있었다) 잘 짜인 표현들이 머릿속에 박혀 있다. 게다가 나는 인용하는 데는 도사다. 그러다 보니 박식해졌다. **어떤 학생들은 그저 책이나 들고 다니는 짐꾼 같다. 당나귀가 짐 나르는 것하고 뭐가 다른가.**

구두시험 점수를 나쁘게 받는다는 건 수치가 될 것이라고 본다. 연극을 얼마나 했으며 무엇보다도, '조리 있는' 말솜씨로 수업시간에 돋보이는 내가 아닌가. 나는 선생님들 앞에서 겁먹지 않는다. 중학교 시험 볼 때는 그랬다. 완전히 얼어서 입을 떼지 못했다. 이제 그런 단계는 벗어났고, 학생회 임원으로 활동하면서 선생님들도 다 우리 같은 인간들이란 걸, 더 나을 것도 없고 못할 것도 없는 그냥 평범한 사람들이라는 걸 알았다. **화를 잘 내는 사람은 가르칠 줄 모른다. 겁쟁이는 배울 줄을 모른다.**

국어 얘기를 다시 하자면, 나는 학기 초부터 수업을 잘 따라왔고, 어느 순간까지는 전혀 걱정을 하지 않고 있었던 것이 사실이다. 삼월이 되자(프랑스의 학기는 시월에 시작해서 유월에 끝나는 하나의 학기로 되어 있으며 대학 입학 자격시험은 학기 말에 있다 – 옮긴이) 다들 큰일 난 것처럼 이리 뛰고 저리 뛰면서 같은 텍스트에 대해 서로 다른 수많은 해석을 알아내려고 애쓰는 것이었다. 눈 뜨고 봐주기가 힘들었다. "X씨가 쓴 루소에 대한 책 좀 빌려줄래? 내가 내일 Z씨가 쓴 라마르틴에 대한 책 가져다줄게."

텍스트 자체가 갖는 재미는 없어져버리고 있었다. 시구의 아름다움, 작가가 불러일으키는 감흥 같은 것들은 전혀 와 닿지 않게 되어버렸다. 다들 기계적이 되었다. 주제별로 분류해서 개념을 잘 정리하고, 문체를 분석하고, 두운법, 군더더기말, 선행사 생략, 이중모음 분절……, 이러면서 깊이 있게 파들어간다고 생각하고 있었다. 이런 건 피상적인 게 아닐까, 이게 뭔가? 나는 뮈세, 베를렌, 보들레르에 대해 차가운 어조로 이야기할 수가 없다. 그들의 시보다 더 개인적인 것이 또 있을까.

어제, C반에 있는 친구 하나가 철학시험을 봤는데 이런 문제가 나왔다고 했다. "오늘날, 개인적인 사유의 여지가 남아 있는가?" 어쨌든 국어와 텍스트에 대해서는 이런 말을 할 권리가 없다. **가장 이해를 못하는 사람이 질문을 가장 많이 한다.**

만약 국어시험을 구두로만 보고, 수험생은 전혀 모르는 텍스트를 시험관이 임의로 골라서 설명하게 한다면 훨씬 공정한 평가가 이루어질 것 같다. 그러면 우리는 선생님이 미리 지어낸 설명을 달달 외울 필요도 없어질 것이다. 배운 걸 앵무새처럼 반복하지 않고 각자 자신의 상상력과 지력을 충분히 동원해가며 생각하고 설명할 수 있을 것이다. 물론 그렇게 한다면 좋아하는 사람만 있는 건 아닐 것이다.

대부분의 학생들은 공책에 써놓은 유명한 사람들의 말들을 그대로 뱉어내는 데 소질이 있다. 국어, 영어, 이탈리아어, 러시아어, 중국어, 아니면 히브리어 시험이라도 마찬가지다. 그러나 나 같은 사람에게는 그런 방법이 맞지 않는다. 수업시간에 배운 걸 문학사의 거장들 작품에 적절히 대입해보기만 하면 끝날 일이다.

말할 것도 없다. 나도 교육부 장관 못지않게 잘할 수 있을 것 같다. **마음이 끌리는 데에서 가장 잘 배울 수 있다.**

조금 딴 얘기지만, 거룩하신 대학 입학 자격시험을 위하여 당장은 과학과목을 좀 밀쳐두어도 된다는(장기적으로 보면 치명적인 결과를 가져올지도 모르지만) 합법적인 핑곗거리가 있다는 것이 나를 얼마나 기쁘게 하는지 모르겠다. **나중에 시간 있을 때 공부하겠다는 말은 하지 마라. 시간 있을 때란 영원히 없을 수가 있다.**

문제에 대한 생각으로 머리가 가득하다. 텍스트를 이리저리 정리, 분류해보다, 리스트를 만들어본다 하면서 법석을 떨고 있는 아이들을 한번 휙 둘러본다. 다 소용없는 짓들이라는 경멸적인 시선으로. 뮈리엘이 이상하다는 듯이 물어온다. "넌, 무슨 문제 나올지 벌써 알아?"

그 순간, 나는 아무것도 정하지 않았으며 배우지도 않고 오로지 본능에 모든 걸 맡기고 있다는 걸 깨닫는다. 기적이 일어나든가 하느님이 도와주시든가 해서 운명의 그날, 씸박한 답안을 쓸 수 있으리라고 생각하고 있는 것이다.

내 자랑 같아서 좀 그렇지만, 내가 원래 문학에는 소질을 타고났다. 학기 내내 선생님이 하라는 대로 텍스트 설명은 연습을 많이 했고, 빨간 글씨로 지적받은 것들도 다 꼼꼼히 뜯어고치느라 잉크도 많이 소비했다. 그러므로 나는 텍스트 다루는 데는 거의 도사가 되어 있다. 그러나 아는 사람이 많은 뮈리엘은 여기저기서 자세하고, 복잡하고, 유식한 설명을 얻어듣고 다닌다. 그런 것도 전염되나 보다! 내 생각과는 달리(그리고 엄마 생각과도 달리) 뮈리엘은 시간을 거슬러 가는 달음질 속으로 정신없이 나를 끌어들인다. **배운다는 것은 일생에 걸쳐서 할 일이다.**

한 달 동안 텍스트 하나마다 열 가지는 되는 서로 다른 설명방법을 익혀야 했다. 다행히 우리의 리스트에 올라 있는 텍스트는 서른 가지뿐이었다. 이렇게 해서 나는, 전화통 붙들고 늘어지고, 친구끼리 왔다 갔다 하며 텍스트를 바꿔보는 등, 정신없이 휘몰아치는 바람에 휩쓸리기 시작했다. 뮈리엘과 나는 거의 언제나 같이 공부를 했다. 뮈리엘 책상에서, 내 책상에서, 내 방에서, 뮈리엘 침대 혹은 내 침대에 엎드려서. **제대로 앉은 자세를 갖추지 않으면 공부가 되지 않는다.**

어느 날, 각자 필수 텍스트 서른 가지를 목록을 만들어서 출제위원, 시험감독관, 교육부의 직인을 그리고 담임선생님 사인을 받는 날이 다가온다. 아주 공식적인 행사다! 일차 속임수. 일단 도장과 사인을 다 받고 나면 너무 어려운 텍스트를 눈에 안 띄게 지운다. 그러나 의연한 나는 그따위 치졸한 수단을 빌리지 않는다. 파리에서 전학 온 어떤 친구가 내게 '도와주겠다며' 보들레르에 관한 논술 답안을 제시하면서 루소의 불평등 기원론에 대한 텍스트를 지우는데도 나는 몽테뉴의 텍스트들을 그대로 둔다. 루소가 '너무 정치적'이라나. **연구는 행동보다 더 중요하다. 행동이 일어나게 하므로.**

그러나 당당하게, 나는 보들레르의 시 한 편을 더 첨가한다.

운명의 필기시험 날이 다가왔다. **전부 다 알려고 하는 사람은 빨리 늙는다.**

아빠가 데려다준다. 시험장 앞에 내려주면서 잔소리를 한없이 늘어놓는다. 필통은 챙겼느냐, 겁먹지 마라, 기타 등등 기타 등등. 나는 덜덜 떨면서 시험장으로 다가간다. 아는 얼굴이 많이 보인다. 다들 나만큼이나 경직되어 있지만 그래도 아는 얼굴이 많다는 건 언제나 마음이 놓이는 일이다. 친구들끼리 서로 의지가 되는 걸 느낀다.

차갑고 표정 없는 이 회색의 건물. 조금만 있으면 우리는 그 속에서 감독관이 감시의 눈길을 받으며, 나누어 받은 시험지 위에 우리 영혼의 일부를 쏟아놓고 나올 것이다. "에이, 거지 같아!" 소리를 태어나서 이때만큼 많이 들어본 적이 없다. 우리의 자리를 잡고 앉아, 각자 자신의 '미래'를 마주한다. **어제는 과거, 오늘이 미래다. 내일을 알 수 없기 때문이다.**

출석을 부른 후(결석이 둘이다), 여러 가지 주제가 적힌 문제지를 나눠준다. 알고 있다. 귀가 아프게 들었다. 자기가 좋아하는 주제를 선뜻 고르면 안 된다. 이런 경우, 나는 논설문에 강하다. 세 번째 문제에 눈이 가는 걸 막을 수가 없다. 기적이다. 문학 속에 나타난 슬픔의 문제, 낭만주의, 뮈세에 대해서 말하고 있다. 게다가 지드의 인용문까지 나와 있다. 겨우 줄거리 요약(매스미디어, 혐오감)과 해설(자크 브렐의 아주 좋은 그러나 너무 단순한 샹송 하나, 함정이 있는 문제다) 문제만 한 번 흘긋 보고 나서 나는 벌써 연습지에 휘갈겨 쓰기 시작한다.

사십여 개의 눈동자가 내게 주목되는 것이 느껴진다. 쓰기 시작한 것은 나 혼자다. 다른 아이들은 다, 머리 좋고 기발한 생각 잘 해내기로 유명하지만 국어 선생님으로부터 제대로 인정을 받지 못하고 있는 우리 반 조르주까지도 '생각하고 있다'. 조르주는 나랑은 완전히 극과 극으로 떨어진 자리에 앉아 있다. 우리는 가끔씩 눈길을 주고받으면서 서로 격려의 신호를 보낸다. 자, 빨리 쓰자. 한번 부딪쳐보는 거야. **학문은 석학들의 경쟁 덕분에 생겨난다.**

하긴, 난 지금 격려가 필요한 단계가 아니다. 어떻게 쓸 것인지 계획이 다 섰고, 만년필은 전속력을 다해서 답안지 위를 달리고 있다. 이름을 가려놓아도 개성으로 튀고 싶다. 일 년 내내 이와 비슷한 주제들을 가지고 썼던 논설문의 골자들이 다 생각난다. 쓰자, 빨리 쓰자, 자신감이 생긴다, 이제는 하나도 안 떨린다. 목적은 단 하나, 슬픔, 문학, 그리고 그것이 우리에게 미치는 영향에 대해서 생각나는 것을 전부 다 쓰는 것이다. **지식을 넓혀가는 사람은 슬픔이 늘어간다.**

한 시간도 더 지났다. 주기적으로 아이들이 일어나서 화장실에 갔다 오는 것이 보인다. 그러나 나는 화장실에 가고 싶지도 않거니

와 그럴 시간도 없다. 몇몇 아이들은 답안지를 제출하기 시작한다. 맙소사, 어떻게 그럴 수가 있지? **새로운 답안은 새로운 문제를 제기한다.**

서문을 쓰는 데에 삼십 분도 더 걸린다. 나는 서문을 언제나 제일 마지막에 쓴다. 결론 쓰는 건 문제없다. 한달음에 내달으면 언제나 괜찮은 결론이 나온다. 읽는 이에게 뭔가를, 좀 더 읽고 싶은 욕구를 느끼게 하기 위한 '메시지'가 하나 생각난다. 하지만 착각하지 말자. 이백오십칠 번째 답안지를 채점하는 사람이 내 산문을 좀 더 읽고 싶은 욕구가 생길 리가 없다. 희망을 가져볼 수는 있는 것 아닌가! **희망은 언제나 우리를 속인다.**

내게는 서문이 골칫거리다. 언제나 막힌다. 미칠 것 같다. 채점을 하고 내 점수를 결정하시는 저 고명하신 선생님들께서는, 다른 모든 선생들처럼, 처음 몇 줄 읽어보고 내 글을 판단하시는 습관들이 들어 있을 게 뻔하다. 그러니 떨릴 수밖에. 그러나 영감이 떠오른다. 진부하지 않은 소재로 시작을 해서 주제를 끌어내고, 글의 순서를 밝히고, 본론과 연결해주는 문장을 하나 넣어 마무리하면 전체적인 짜임새가 생긴다. **자기가 쓰는 낱말의 무게를 달아보아야 한다. 수를 세어볼 게 아니다.**

이제, 나의 걸작을 다시 읽어보는 일만 남았다. 읽어나가면서 실수한 걸 하나씩 고친다. 어느 부분에 문장 부호가 너무 많은지, 혹은 모자라는지 살펴본다. 만족스럽다. 나는 천재는 아니다. 약간의 자만심에도 불구하고 그 사실은 스스로 인정을 해야 한다. 그러나 나는 논설문 쓰는 데는, 말하자면 상당히 이골이 나 있다.

따르릉! 다들 화들짝 놀란다. 나는 답안지를 허공에 내민다. 내 답안지를 받아가는 대신 감독관들은 이 책상 저 책상 찾아다니면서 단어 두 개만, 자신들의 운명을 결정해줄 낱말 두 개만 더 쓰면 되는 학생들의 시험지를 무자비하게 낚아채 더 쓰지 못하게 한다. **동정은 약자들에 의해서 생겨난 것이다.**

휴우! 시험장을 벗어났다. 왁자지껄한 속에서 내 친구들을 몇 명 만난다. 소란스러운 가운데 주고받는 말. "잘 봤니?" "응, 끝내줬지! 너는?" 나오다가 지나가는 뮈리엘을 붙잡는다. "어땠어?" "시간이 모자라서 마지막 결론 부분을 다 못 썼는데, 그래도 썩 나쁘지는 않았어." 맙소사, 나 같으면 결론을 못 썼으면 제대로 썼다고 생각할 수도 없겠다. 조르주와 뮈리엘만 빼고 다들 해설문제를 선택했다. "기차게 써냈지!" 해설문제에는 도사인 카린이 말했다. "하필 넌 그 진부한 세 번째 문제를 택할 게 뭐니!" 바람이 잔뜩 들어 있던 내게 후회, 의심이 파고든다. 이게 웬일인가! 저기 엄마가 나를 데리러 와 있다. "어떻게 됐니?" 엄마가 다급하게 묻는다. 내가 다 얘기를 해주자 엄마는 나를 안심시킨다. 아무 문제가 없다. 구두시험아, 덤벼라. 모레 아침이다. **하느님은, 언제 어디나 다 가주실 수가 없어서 이 세상에 어머니를 창조하셨다.**

이 이틀 동안 우리 부모는 한시도 나를 시험공부 하게 내버려두지 않는다. "괜히 머리만 복잡해져." 아빠는 이렇게 말씀하시고, "넌 똑똑한 애니까 분명히 잘 해낼 거야." 자기 새끼에 대한 믿음이 확실한 엄마는 이렇게 말씀하신다. 자기 배 속에서 나온 딸자식이 대학 입학 자격시험에 합격하지 않을 수가 없는 것이다! 엄마랑 아빠는 영화관이다, 산책이다, 레스토랑이다 하면서 나를 끌고 다닌다. 나를 방해하고 있다. 나는 겨우 친구들에게 전화나 걸어볼 시간이 있을 뿐이다. 한 시간 한 시간 앞으로 다가오는 나의 현실에 대한 감각을 잃지 않기 위하여. **백 번 익히는 것과 백한 번 익히는 것은 다르다.**

목요일 아침, 나는 나처럼 불안해하는 열 명의 다른 수험생들과 함께 베일에 싸인 열두 번째 심판관이 우리에게 질문을 던지게 될 교실의 닫힌 문 앞에 와 있다. 또 조르주와 함께 시험을 보게 되었다. 무슨 문제가 나올까 함께 점쳐보느라고 정신이 없다.

나로 말할 것 같으면, 나를 한 번 척 보고 벌써 동정심이 발동하고, 내 책 읽는 소리에 반해서 텍스트 설명을 시작하기도 전에 내게 환상적인 점수를 매겨줄 할아버지같이 마음 좋은 선생님한테 걸렸으면 하는 게 희망사항이다. 조르주는 삼십대의 금발머리 선생한테 걸리면, 자신의 빛나는 갈색 눈동자, 매력적인 미소로 단박에 선생의 마음을 사로잡을 수 있을 것 같다는 기대를 하고 있다.

조르주가 이겼다. 불공평하다. 여선생은 엄하고 딱딱해 보인다. 어쨌든, 선생님들과 부모님들의 충고에도 불구하고 나는 제일착으로 들어가지 않을 것이다. 결국 그건 잘한 일이었다. 당당하게 나보다 앞서서 들어갔던 친구한테 몽테뉴에 관한 문제가 떨어졌던 것이다……. **오랫동안 행복하게 살고 싶거든 입은 다물고 코로 숨을 쉬**

어라.

어찌 되었건 들어가서 시험을 치르는 수밖에 없다. 떨지 말고 기다리자. 저 선생이 나한테는 19세기 작가에 대한 질문을 해줘야 되는데. 아니면 난 망한다. **선택의 여지가 없을 때는 겁날 게 없다.**

딴 애들은 어떻게 하고 있나 시험장 건물을 한 바퀴 둘러본다. 나갈 준비를 하는 클로딘이 내게 말한다. "너도 좀 봤어야 되는데! 너무나 맘 좋은 할아버지였어. 텍스트도 알아서 고르라고 하고, 주의 깊게 내 얘기를 들어주면서 '그래, 잘한다, 아가, 계속해보아라.' 이러는 거 있지." 장파로 말할 것 같으면 기분이 날아갈 것 같단다. 딱 하나만 찍어서 공부했는데 바로 그게 나왔단다. 게다가 75점이라고 미리 점수까지 말해줬단다. "에이 씨, 쟨 운이 너무 좋았어, 말도 안 돼." 안이 투덜거린다.

한 바퀴 빙 둘러보고 나서 '우리' 시험장 앞으로 돌아온다. 이제 딱 두 사람 남았다. "내가 먼저 들어갈게, 응? 내가 나중에 들어가면 너랑 비교되잖아." 조르주가 말한다. **좋아하는 걸 갖지 못했을 때는 가진 것을 좋아하라.**

내가 시험장 안으로 들어서자 조르주가 발언할 태세를 취하고 있다. 선생이 텍스트 목록을 쳐다보고 있다. 제발 눈길이 오른쪽(19세기)에 멎기를 기도한다. 선생의 두 눈은 위에서 아래로, 왼쪽에서 오른쪽으로 제목들을 주욱 훑어본다. 숨이 멎을 것만 같은 순간, 선생이 문제를 선포한다. "낯익은 나의 꿈."

나는 끼적거려놓은 종잇장을 들고 한쪽 구석으로 간다. 조르주가 부러운 눈길로 나를 쳐다본다. 조르주한테 양보하길 잘했지. 푸른 눈동자 금발머리의 저 여선생은 전설적인 미남이라고 자처하는 조르주의 매력에 꿈쩍도 않는 눈치고 조르주는 루소의 낭만주의 작품 하나를 설명하면서 엉기고 있다. 선생은 그가 헤매고 있다고 생각하는 것 같아 보인다. 그러나 다행스럽게도 베를렌 시가 걸린 데다가 만반의 준비를 갖추었다고 생각하는 나는 조르주가 하는 말을 듣지 않을 수가 없다. 그는 수업시간에 배운 대로 선생님이 해준 설명을 그대로 흉내내고 있다. **운이 좋으면 꼭 똑똑하지 않아도 된다.**

이제 내 차례다. 자리에 가서 앉는다. 선생이 들고 있는 종이 위에 조르주 점수가 적혀 있는 것이 보인다. 55점. 그리고 먼저 치르고 나간 다른 애들의 점수도 다 보인다. 중간 점수라도 받은 건 조르주 하나뿐이다. 더럭 겁이 난다. 그러나 배수진을 친다.

감정을 최대한으로 살려서 시를 읽는다. 보통 때 내가 시 읽는 걸 듣는 사람들과 달리 이 선생은 나의 배우적인 자질에 대해 별로 호감을 느끼지 않는 모양이다. 문제를 제기하고, 설명을 한다. 선생은 좀 친절해진다, 거의 호의적이 된다. 열두 번째 줄까지 나갔을 때, 나를 멈추게 하더니 칭찬을 있는 대로 늘어놓으면서 내 책을 주욱 들춰본다(괜찮지, 더군다나 국어과목인데). 그러더니 나랑 수다를 떨기 시작한다. 이제 내 차례만 지나면 오전 시험이 끝이기 때문이다. 그녀는 내게 필기시험에 뭐라고 썼느냐고 묻고 나는 내 주장의 논거를 설명한다. 그녀는 수긍하는 눈치다. **거드름을 피우느**

라 가슴이 딱딱해지면 머리도 굳어버린다.

"너, 어쩜 그렇게 오래 있다가 나오니, 최악의 상탠가 보다 하고 걱정했지."

"아냐, 아주 괜찮았어……. 글쎄, 모르는 일이긴 하지만……."

자신이 있다. 속으로 아멘을 부른다. 할아버지가 자주 들려주시던 속담 하나가 더 생각난다. **사람이 진정으로 가고 싶어 하는 곳에는 발걸음이 절로 가게 만들어준다.**

# 이 세상 딸들을 다 준다 해도 바꿀 수 없는 내 딸

어떤 사람의 딸은 책꽂이 정리를 아주 잘할 것이다. 또 어떤 사람의 딸은 날씬하다.
이웃집 여자의 딸은 구겨진 치마 입고 나가는 일이 없다.
조카딸은 자기 물건을 잘 잃어버리지 않는다.
그래도 난 이 세상 딸을 다 준다 해도, 어떤 딸과도 내 딸을 바꾸지 않을 것이다.

힘이 넘치는지 딸아이는 팔을 걷어붙이고 대청소를 시작했다. 옷장 속에 있는 걸 다 꺼내서 동생 방에다 갖다놓고 넘쳐나는 책들을 계단에다 여기저기 내다놓고, 필요 없는 건 쓰레기통에 갖다 버리고 하더니 내게 인심을 썼다.

"엄마, 내가 뭐 도와줄 일 없어?"

나는 의당 숫자(아버지 영향)와 문학(엄마 영향)에 밝아야 하는 딸아이에게 합당한 임무를 주었다. 장난삼아 할 일은 아니다. 책장 정리.

"그렇지만 이렇게 정신없이 쌓여 있는데 어떤 식으로 정리를 하란 말이야?" 딸아이의 항의.

"네가 생각해서 해봐. 난, 네가 분명히 방법을 찾아내리라 믿어." 한 번도 방법을 찾아내본 적이 없는 자의 입이 말한다.

딸아이 소리가 들렸다. 콧노래를 흥얼거리고 있었다. 책을 하나하나 꺼내서 먼지를 털어내고 바닥에다가 늘어놓고 있었다. 책장을 닦았다. 딸아이가 그렇게 일을 하는 것을 내 눈으로 보았다. 가슴 가득 평화가 감돈다.

어미로서, 아이가 자기 일 알아서 하고, 그 많은 책을 책장에다 정돈하듯 제 주변의 문제들을 하나하나 정리하며, 혼자서 해결하려는 태도를 취하는 자식을 바라보는 것보다 더 가슴 뿌듯한 일이 또 있을까?

딸아이가 얼마나 효율적으로 일을 처리하는지를 눈으로 확인하고 어느 어미가 보상심리에 겨워하지 않겠는가? 나는 행복감에 푹 젖는 기분이었다. 내 딸은 뒤엉킨 일상의 실타래를 하나하나 풀어나갈 줄 알게 된 것이었다. 내심 흐뭇한 미소가 떠날 줄을 몰랐다……. 내 눈길이 정돈된 책장에 가 닿던 그 속상한 순간까지는.

책을 크기별로 정리하는 사람은 봤다. 아니면 색깔별로, 알파벳순으로, 주제별로, 언어별로, 과목별로, 작가별로 정리하는 사람은 본 적이 있다. 나는 열린 사람이고, 마음이 넓은 사람, 자유로운 사람이다. 그러나 이 대목에서는 정말 눈이 확 뒤집히는 것 같았다. 이럴 수가 있는가? 내 안에 자리 잡아가던 평화가 일순간에 걷혀

버리고 나는 격분했다.

  책꽂이를 자세히 들여다보았다. 눈 감고 해도 이보다는 더 잘 정리할 것 같았다. 옆으로 누워 있는 책, 거꾸로 꽂힌 책, 커서 안 들어가는 걸 구부려 넣은 책, 비좁은 자리에다가 아무렇게나 쑤셔박은 책. 어떤 책들은 벽 보고 벌서는 학생처럼 제목이 안 보이게 꽂혀 있다. 분서갱유 사건 이래 인류가 이렇게 책을 막 다룬 적은 없었다.

  이성을 찾자. 저 아이는 정말로 나를 도와주려고 했다. 몇 시간이나 걸리지 않았는가. 아이 잘못이 아니다. 알아듣게 설명을 해주자. 책꽂이를 쳐다본다. 회오리바람이 불어닥쳤대도 이 정도는 아닐 것 같다. 나는, 청천벽력이라도 떨어지는 소리로 딸아이 이름을 부르짖는다. 아무 생각 없던 딸아이가 걱정스러운 모습으로 나타난다.

  "왜애?"

  "어떻게 하면 책을 이렇게 엉망진창으로 해놓을 수 있는 거니?"

  "그럼 어떻게 하란 말이야. 정리하는 법을 알 수가 있어야지."

  "물어보면 될 거 아냐!" 물어봤다면 내가 어떻게 대답했을까?

  "알아서 해." 아니면, "내버려둬, 나중에 내가 할게." 나는 남한테 일을 시킬 줄을 모른다. 이러쿵저러쿵 설명하느니 차라리 내가 하고 마는 게 낫다. 애들은 저절로 배우는 거라는 나의 신념이 차츰 흐려지고 있다. 그래도 그렇지, 책을 똑바로, 나란히, 차곡차곡 꽂는 게 특별한 기술을 배워야 할 수 있는 일인가?

딸아이에게 이런 뜻을 효과적으로 전달하는 심리적인 방법이 있을 것이다. 대뜸 내뱉는 나. "아무리 바보 같은 애라도 책꽂이에 책 꽂을 줄은 알아."

대답이 없다. 화가 치솟는가 보다. 나도 화가 치솟는다. 나는 내가 하는 일 한 가지 한 가지에 언제나 정성을 들여왔다는 생각이 난다. 실망스럽다. 이런 물음이 떠오른다. '거의 어른이 다 된 아이가 잘된 일, 못된 일도 구별할 줄 모르다니. 내가 어쩌다가 이런 아이를 낳았지?' 나는 소리를 꽥 지른다.

"넌 애가 믿을 수가 없어."

딸아이가 운다. 대답. 언제나 그렇듯이 시작은 내가 하고, 끝내고 나면 죄책감이 남는다.

그래, 내 죄다. 친할머니가 하시던 말씀이 떠오른다. "한 사람의 어머니는 백 사람의 선생님보다 낫다." 거짓말! "어머니는 자식이 말하지 않는 것까지 이해한다." 거짓말! "나쁜 어머니라는 건 있을 수 없다." 거짓말!

엎친 데 덮친다고 외할머니 말씀까지 생각난다. "어머니 눈은 유리처럼 투명하다." 그런데 왜 내 눈은 현미경처럼, 조그만 실수도 백 배는 더 크게 부풀려서 보는 것일까? 어째서 딸아이의 몇 가지 행동들은 투우장에 나간 황소 앞에 펄럭이는 붉은 깃발처럼만 보이는 것일까?

어쩌다가 딸아이가 설거지를 할 때는 자리를 피하는 게 낫다. 마술이다. 이 아이는 손에 물을 안 묻히고 설거지를 한다. 손끝으로 살짝 수세미를 집어들고 마른 접시를 슬쩍 훔쳐내면 그걸로 끝이다! 접시의 더러운 상태를 전혀 개선하지 않는 손조작.

딸아이는 뭐든지 잃어버리는 데 선수다. 안경을 잃어버렸다. 그 정도는 별거 아닌지도 모른다. 가끔 영화 볼 때만 끼니까. 그러나 그 안경은 50년대 여배우가 쓰던 모델로, 테에 가짜 보석이 박혀 있고 멀티 코팅한 렌즈를 끼웠기 때문에 말도 못하게 비싼 돈을 주고 샀다. 나는 그 안경이 없어진 걸 우연히 알게 되었다. 온 집 안을 돌아다니며 구석구석 놓인 물건마다 삼백 번씩은 신경질적으로 들었다 놨다 하더니 무슨 큰일 난 사람처럼 이층으로 오르락내리락 하다가 제 동생한테까지 도움을 요청하는 딸아이를 보고 내가 물었다. "잃어버린 게 뭐니?" 나는 이미 증상을 알고 있다.

"안경." 울상이 된 딸아이.

"그게 어디 멀리 갔겠니." 안심시키는 나.

"누가 내 가방에서 훔쳐간 거 같아."

"네 안경을?"

"응, 아까 나가기 전에 분명히 가방 안에 있었는데 없어졌단 말이야."

"분실물 신고센터에 가봐라."

"어딘데?"

"몰라. 네가 알아봐."

"시간이 없단 말이야."

"그동안 옛날 안경 그냥 쓰고 다녀."

"어디 있는지도 모르는데."

"말도 안 돼."

내 느낌을 좀 더 듣기 좋은 말로 전해줄 수도 있을 것이다. 그러나 딸아이는 벌써 좀 더 세심한 다른 사람의 눈을 찾아 떠난 안경 때문에 울고 있다.

딸아이가 내려와서 다녀오겠다고 인사를 한다. 치마가 말린 자두처럼 엉망으로 구겨져 있다. 이해할 수가 없다. 방금 전에 다려놓은 치마다. 나는 다림질을 좋아한다. 그러나 같은 물건을 연속으로 두 번 다리는 건 좋아하지 않는다. 꼭 앉은 채 밤기차 타고 내린 사람처럼 저런 꼴로 나가는 걸 보니 마음이 불편하다. 나의 관점을 딸아이에게 전달한다.

"그러고 나갈 거니?"

"다른 건 입을 게 하나도 없잖아!"

"그럼 치마 다림질이나 해서 입어라. 어려운 일도 아니잖아."

즉흥 스트립쇼, 딸아이는 다림질판을 확 펼치더니(앉아서 할 수 있게) 다리미를 전기 코드에 연결하고, 바닥에 물을 줄줄 흘리면서 스팀용 물을 채우더니 늙은 꼽추 같은 자세로 쾅쾅거리며 치마를 다려서 아직 뜨거운 채로 입느라고 부산을 떨다가 다리미를 쾅 떨어뜨린다.

"브라보!" 박수치는 나.

"내가 일부러 그런 건가 뭐. 저절로 떨어졌어."

쳐다보니 다리미는 쓸 수가 없게 되어버렸다. 바로 며칠 전 내 생일이라고 남편이 사다준 낭만적인 선물인데. 내가 다가오는 걸 보더니, "내가 수리 맡길게."

물이 들어 있는 뜨거운 다리미를 그대로 들고 후딱 나가버리는 딸아이.

어디를 가도 다리미는 고칠 수가 없었다. 남편은 좋아서 죽을 지경이었다. 덕분에 다음번 내 생일 선물을 억지로 살 땐 무얼 고를까 고민하지 않아도 좋게 되었으므로.

우리는 함께 길을 걷는다. 딸아이는 아무 말도 하지 않는다. 꼭, 입을 열었다간 말다툼이 되어버리고 말 것이라는 걸 알고 있는 늙은 부부 같다. 그럼에도 불구하고 나는 분위기를 살려보려고 애를 쓴다. 대화를 시작해본다. 딸아이가 단음절 대답으로 끝내버린다. 나는 다시 시작하고, 딸아이는 다시 끝내고. 이 아이는 입은 문과 같은 것이라고 생각하는 걸까. 꼭 닫아두어야 해.

근데 만약……. 아니, 또……. 우리 엄마는 다이어트에 대해서 이렇게 말하곤 했다. "다이어트 방법은 한 가지밖에 없어. 입을 닫는 거야!"

내가 어떻게 딸아이에게 "애, 그렇게 먹다간 나처럼 된다." 하고 말할 수가 있겠는가. 부모들은 자식들에게 모범이 될 수는 있지만 그 반대가 될 수는 없다. 딸아이의 엉덩이와 허벅지가 불어나는 걸 보면서 입을 다물고 있느라고 나는 얼마나 참는지 모른다. 나 자신도 한 번도 실천에 옮겨본 일이 없는 수많은 충고를 내뱉고 만다.

그냥 이렇게 생각하고 말아야 할 것을. "제 인생 제가 알아서 살게 내버려두자! 뚱뚱하든 날씬하든 제 능력껏 살겠지, 내가 그랬던 것처럼. 내가 어떻게 할 수 있는 게 아냐, 그저 사랑해주기만 하면 되는 거지."

그래, 나는 이 아이를 사랑한다. 어떤 사람의 딸은 책꽂이 정리를 아주 잘할 것이다. 또 어떤 사람의 딸은 날씬하다. 이웃집 여자의 딸은 구겨진 치마 입고 나가는 일이 없다. 조카딸은 자기 물건을 잘 잃어버리지 않는다. 그래도 난 이 세상 딸을 다 준다 해도, 어떤 딸과도 내 딸을 바꾸지 않을 것이다.

# 다른 엄마라면
# 나를 잘 보살펴줄지도 모르지만

다른 엄마라면 내게 예쁜 원피스를 만들어줄지도 모른다.
다른 엄마라면 내게 하이파이 스테레오 전축을 사줄지도 모른다.
그러나 어떤 엄마도 나를, 이 엄청난 결점들을 가진 나를 사랑해주고,
너무나 이기적이고 강렬한 사랑을 원하는 나 같은 아이를 받아들여줄 수는 없을 것이다.

고3! 막바지. 마무리. 마감. 끝. 이런 말들은 내게 치명적인 병 같은 걸 생각나게 한다. 고3 시절은 정말로 마무리된 것일까? 다 끝난 걸까? 엄마는 아직도 내게 묻는다.

"내년엔 뭐 할 거니?"

"몰라."

"이제 슬슬 생각해볼 때도 되지 않았니? 곧 원서를 제출해야 할 텐데."

"응, 그런가?"

"진학 상담하는 데 좀 가보지 그러니."
"언제?"
"이번 주에."
"시간이 없어."

정말이다. 내가 보기엔 책상의자에 붙어앉아서 여러 가지 학문에 대한 막연하고 추상적인 개념 설명을 듣고 있는 것보다 훨씬 흥미진진한 일들이 얼마든지 있는 것 같다. 그러나 자기가 좋아하는 것을 하려면 우선 자기가 뭘 좋아하는지를 알아야 한다. 학교란, 권태에 대한 기나긴 예방주사라는 생각이 가끔씩 든다. 학교만 졸업하고 나면 모든 게 너무나 재미있어 보일 것 같다.

이 문제를 해결하고 싶으면 많이 배워야 한다고, 삐거덕거리는 의자에 엉덩이를 깔고 앉아 청바지가 닳아야 한다고, 지나간 권태의 흔적이 새겨놓은 구멍투성이의 썩어가는 책상 위에 종이를 놓고 손이 아프도록 끼적거려야 한다고 스스로를 설득해본다.

내 스스로 해답을 찾을 수 없는 물음 때문에 괴로워하느니보다는 엄마가 나 대신 행동으로 보여주는 것이 훨씬 나을 것이라는 생각에서 벗어날 수가 없다.

그녀는 행정적인 편지를 쓰는 걸 싫어한다. 가끔씩 맞춤법이 틀리기 때문이다(아빠와 결혼하기 전까지 그녀는 프랑스 말은 한마디도 할 줄 모르는 미국인이었다).

그녀는 내가 병원 갈 때 따라가지 않는다.

그녀는 아이들이 스스로 세상을 헤쳐나가는 법을 배워야 한다는 잘못된 생각에 젖어 있다.

그녀, 어머니.

그녀는 내가 고뇌할 때에 위로해줄 줄 모른다.

그녀는 행복해하는 내 얼굴에 번지는 미소의 의미를 모른다.

그녀는 내가 사랑에 빠졌다는 걸 눈치채지 못한다.

그녀는 친구들에게서 따돌림받았을 때 나를 도와주지 않는다.

그녀, 어머니.

그러나…… 그녀는 나를 낳았고, 키웠고, 사랑했다.

그녀는 내 눈물을 닦아주었고 나의 웃음을 알아차렸다. 그녀는 나의 행복을 추구한다. 아니 적어도, 할 수 있으면 내 힘으로 행복의 불씨를 찾아내게 내버려둔다. 그녀, 어머니.

그녀는 내가 뭘 잘했을 때 으쓱해서 떠벌리고 다녀서 나를 화나게 하는 데에는 천재적인 소질이 있다. 내가 뭘 잘못했을 땐, 마치 이 세상에 완벽한 인간이라는 게 있을 수 있기라도 한 듯이 나를 꾸짖는다.

이 인간, 한낱 불쌍한 고3 여학생인 나는 행복해하기가, 웃기가, 재미있어하기가, 간단히 말해 살기가 아주 힘이 든다.

이 인간, 열일곱 청소년인 나는 바깥세상으로부터 복잡한 메시지를 너무나 많이 접수하며 그걸 다 해독하기 힘들어한다. 자기 안에 침잠하여 살아야 할 것인가, 아니면 눈을 뜨고 길을 잃을지도 모르지만 과감하게 나서야 하는가?

그녀, 어머니, 우리 어머니, 엄마, 그녀가 대답 좀 해주면 안 될까? 내 문제를 해결해주고, 내 질문에 대답해주고, 나를 위로해주고, 어머니란 그런 게 아닐까?

아니다. 책임은 나한테 있다. 나는 다 컸다. 내가 스스로 알아서 해야 한다. 내 인생의 굽이굽이 길을 혼자서 헤쳐나가야 한다.

언제나처럼, 나더러 알아서 찾으라고, 안개 속에, 불확실한 느낌 속에, 의심 속에 나를 내버려두었던 그녀가 옳았다.

그래, 나는 그녀를 사랑한다. 다른 엄마라면 내게 예쁜 원피스를 만들어줄지도 모른다. 다른 엄마라면 내게 텔레비전을 사줄지도 모른다, 하이파이 스테레오 전축을 사줄지도 모른다, 다른 엄마라면 나를 잘 보살펴줄지도 모른다. 그러나 어떠한 엄마도 나를, 이 엄청난 결점들을 가진 나를 사랑해주고, 너무나 이기적이고 강렬한 사랑을 원하는 나 같은 아이를 받아들여줄 수는 없을 것이다.

자, 이제 어떻게 될까, 우리 둘 다에게 무슨 일이 또 닥치게 될까? 아무 일도, 거의 아무 일도 일어나지 않을 것이다. 하긴 대학 입학 문제가 남았지! 그리고 우리는 계속 말다툼을 해댈 것이며, 서로를 사랑한다는 걸 알면서도 끊임없이 부딪칠 것이다.

그녀는 여전히 나를 전적으로 이해하지는 못할 것이다. 내 속을 훤히 꿰뚫어보지는 못할 것이다. 그리고 나는 계속해서 이것저것 잃어버리고 다니겠지만 큰일은 안 날 것이며, 말없이 내 속 깊숙이 쓰디쓴 회한을 간직하게 될 것이며 때로는 그녀도 나처럼 존재하고, 고통받고 사랑한다는 것을 잊을 것이다.

그러나 때때로 우리는 공모라도 하는 사람들처럼 눈빛을 반짝이며 서로를 바라볼 것이다. 그리고 알게 될 것이다.

**옮긴이의 말**

# 딸들이 엄마가 되어서 읽는다

〈딸들이 자라서 엄마가 된다〉는 내가 처음으로 번역한 청소년 소설이다. 1997년에 나왔으니 그 책을 고등학생 때 읽은 독자는 서른 살이 넘었을 것이고, 어느덧 딸의 시각에서 보던 이 책을 이제는 엄마의 관점으로 다시 읽을지도 모른다는 상상을 한다.

딸이 아슬아슬한 사춘기를 건너는 걸 걱정스럽게 지켜보다가 함께 쓰자고 제안해서 쓴 작품이라서 이 책은 같은 사건이 한 번은 엄마의 시각, 한 번은 딸의 시각으로 두 번씩 되풀이되면서 이야기가 진행된다. 그렇게 자란 딸은 언어학 박사학위를 받고 오랜 시간 지방으로 강의를 다니느라 엄마 애를 태우더니 작년에 드디어 파리 3대학의 교수가 되었다.

수지는 어찌나 좋은지 마침 파리에 있던 나한테까지 자랑하느라 바빴고 축하한다는 내 메일에 알리야(이 책의 공동저자이자 수지의 딸)는 우리 책을 좋게 봐줘서 고맙다며 수줍고 어린애 같은 답장을 보내왔다.

손녀와 노는 것이 최고의 행복이라는 수지는 나를 딸의 아파트로 초대했다. 여느 할머니들처럼 묻지도 않은 손녀 자랑에 입을 다

물 줄 모르는 그녀가 차를 준비하면서 내게 물었다. 설탕을 몇 개 넣겠냐고. 머그컵에 티백을 넣고 뜨거운 물을 붓는 중이었다. 내가 고른 허브티는 버베나였는데 설탕이라니? 뜬금없어하는 내 반응에 그녀는 입술을 깨물면서 말했다. "나는 설탕을 끊을 수가 없어"라고.

설탕은 수지 모건스턴이라는 작가를 설명하는 하나의 코드가 되고도 남는다. 설탕으로 인해 비만이 되고 당뇨를 앓기도 하지만 그 설탕을 끊지 못하는 아픔으로 작품도 쓰고 노래도 부른다. 최근에 수지를 가장 바쁘고 살맛나게 하는 일은 글 쓰는 일보다도 공연을 하는 일이라고 할 정도니까. 식성이 설탕에 집중된 수지는 여느 대식가와는 달리 편식이 심하다. 그런 그녀의 편식은 글쓰기에서 다 풀어지는 것인지, 수지 모건스턴을 가리켜 프랑스 사람들은 '생의 모든 형태에 대해서 왕성한 식욕을 보이는 작가'라고 말한다.

〈어느 할머니 이야기〉처럼 때로는 잔잔하고 〈조커〉나 〈엉뚱이 소피의 못 말리는 패션〉처럼 때로는 기발하고 〈환경을 생각하는 개똥클럽〉처럼 어떤 때는 웃음이 터지게 만들고 〈글쓰기 다이어리

〉처럼 누구도 생각해본 적이 없는 새로운 형태의 책을 수지는 지금까지 90여 권이나 썼다. 그동안 많은 상을 받았지만 그중 가장 큰 명예는 2005년에 받은 슈발리에 데 자르, 일명 문화예술공로 훈장이다.

2008년 가을, 수지는 서울에 다녀갔다. 한국에 초청받는 걸 흔쾌하게 받아들이는 프랑스 작가가 많지는 않다. 그러나 처음 내가 수지를 만나러 니스에 갔던 때처럼, 그래서 결국 아동문학을 시작하게 되었던 때처럼 수지는 선뜻 서울에 오겠다고 했다. 너만 믿고 가겠다고 했다. 그리고 일주일간의 서울 나들이는 대성공이었다. 수지는 기자들 앞에서 아동문학 작가를 이렇게 '스타'처럼 맞이해 주다니 프랑스에서는 꿈도 못 꿀 일이라고 철없는(?) 농담을 했고, 파리에 돌아가서는 동료 작가들에게 한국에 가서 할리우드 스타 대접을 받았다고 더 말이 안 되는 농담을 해서 서울에 오고 싶다는 작가가 많아졌다. 수지다운 사건이다!

할머니가 된 수지는 여전히 가는 데마다 이렇게 사고를 치면서 여러 사람을 웃기고 다닌다. 그런 수지의 면모가 여실히 드러나 있는 〈딸들이 자라서 엄마가 된다〉가 10년 넘게 꾸준히 팔리고 있다고 한다. 개정판을 낸다고 역자 후기를 다시 써달라는 편집자의 전화를 받고 돌아보니 이 작품은 수지의 인생에도 내 인생에도 적잖이 개입을 한 셈이다. 적절하고 우호적인 무관심으로 우리는 서로를 도우면서 살아온 것이다. 그동안 수지는 할머니가 되고 큰딸은 교수가, 작은딸은 의사가 되었다. 수지는 공부밖에 모르는 작은딸의 신랑감까지 찾아서 결혼을 시킬 만큼, 프랑스식 개인주의와는 좀 거리가 있는 엄마다. 어쩌면 프랑스인이지만 한국 엄마들과 비슷한 자녀에 대한 열의 때문에 수지가 한국 엄마들에게 인기인지도 모를 일이다.

　변화는 수지에게뿐만 아니라 내게도 적지 않게 일어났다. 엉뚱하게 니스까지 찾아가서 생각지 못한 환대를 받고 아동문학 쪽으로 발걸음을 돌린 이래, 우리 아이들은 각각 대학생과 고등학생으로 자라났고 나는 번역에서 아동문학 평론으로 그리고 이제는 출판으로 일의 무게중심을 옮기면서 점점 복잡하고 다양하게 살고 있다. 그리고 올해는 프랑스 정부로부터 수지가 받은 것과 똑같은 훈장까지 받게 되었다. 얼떨떨하지만 돌아보면 참 우연한 인생이고 그래서 즐거운 인생이다.

많은 책이 서점가에 화려하게 나타났다가 소리 소문 없이 자취를 감추는 이 시대에 10년도 넘게 장수(!)하는 이 책이 기특하다. 작가이고 역자이고 독자인, 엄마이고 딸인 수많은 사람 덕분이 아닐까 한다. 이 책이 더욱더 오래오래 살아남기를 바라는 마음 한 자락을 담아서 개정판에 새로 쓴 역자 후기를 덧붙인다.

2010년 4월

최윤정

**옮긴이 최윤정**
연세대학교와 파리3대학에서 불문학을 공부했다. 대학 강의와 글쓰기, 번역 등 활발한 활동을
하고 있으며, 프랑스 정부(1994)와 유럽공동체(1996)로부터 번역 장학금을 받기도 했다.
지은 책으로는 어린이책 비평서인《책 밖의 어른 책 속의 아이》《슬픈 거인》《그림책》등이 있으며,
옮긴 책으로는《칠판 앞에 나가기 싫어》《늑대의 눈》《똑똑한 동물원》《글쓰기 다이어리》등
100여 권이 있다. 2010년에는 프랑스 문화예술 공로훈장을 수여받았다.


## 딸들이 자라서 엄마가 된다

**초판 1쇄 발행** 1997년 3월 10일
**개정 19쇄 발행** 2021년 2월 26일

**지은이** 수지 모건스턴, 알리야 모건스턴 **옮긴이** 최윤정

**발행인** 이재진 **단행본사업본부장** 신동해
**일러스트** 알리야 모건스턴 **표지디자인** 이석운 **본문디자인** 명희경 **교정** 조선경
**마케팅** 이현은 문혜원 **홍보** 최새롬 박현아 **국제업무** 김은정 **제작** 정석훈

**브랜드** 웅진지식하우스 **주소** 경기도 파주시 회동길 20
**문의전화** 031-956-7356(편집) 02-3670-1024(마케팅)
**홈페이지** www.wjbooks.co.kr
**페이스북** www.facebook.com/wjbook
**포스트** post.naver.com/wj_booking

**발행처** ㈜웅진씽크빅
**출판신고** 1980년 3월 29일 제406-2007-000046호

한국어판 출판권 © 웅진씽크빅, 1997, 2010
번역글 © 최윤정, 1997
ISBN 978-89-01-10757-8

웅진지식하우스는 ㈜웅진씽크빅 단행본사업본부의 브랜드입니다.
이 책의 한국어판 출판권은 저작권자와의 독점계약으로 ㈜웅진씽크빅에 있습니다.
이 책은 저작권법에 따라 보호받는 저작물이므로 무단전재와 무단복제를 금지하며,
이 책 내용의 전부 또는 일부를 이용하려면 반드시 저작권자와 ㈜웅진씽크빅의 서면동의를 받아야 합니다.

※ 이 도서의 국립중앙도서관 출판시도서목록(CIP)은 e-CIP 홈페이지(http://www.nl.go.kr/cip.php)에서
  이용하실 수 있습니다. (CIP제어번호:CIP2010001856)

※ 책값은 뒤표지에 있습니다.
※ 잘못된 책은 구입하신 곳에서 바꾸어드립니다.